Mein Freund Kaspar und andere Erzählungen

Charlotte Niese

Impressum

Autor: Charlotte Niese
Umschlagkonzept: toepferschumann, Berlin

Verlag: tradition GmbH, Hamburg
ISBN: 978-3-8424-7023-1
Printed in Germany

Tucholsky Wagner Zola Scott Sydow Freud Schlegel
Turgenev Wallace Fonatne

Twain Walther von der Vogelweide Fouqué Friedrich II. von Preußen
Weber Freiligrath

Fechner Fichte Weiße Rose von Fallersleben Kant Ernst Frey
Richthofen Frommel

Engels Fielding Hölderlin
Fehrs Faber Flaubert Eichendorff Tacitus Dumas

Feuerbach Maximilian I. von Habsburg Fock Eliasberg Zweig Ebner Eschenbach
Ewald Eliot Vergil

Goethe Elisabeth von Österreich London
Mendelssohn Balzac Shakespeare
Lichtenberg Rathenau Dostojewski Ganghofer
Trackl Stevenson Doyle Gjellerup
Mommsen Tolstoi Hambruch
Thoma Lenz Hanrieder Droste-Hülshoff
Dach Verne von Arnim Hägele Hauff Humboldt
Reuter
Karrillon Garschin Rousseau Hagen Hauptmann Gautier
Damaschke Defoe Hebbel Baudelaire
Descartes
Wolfram von Eschenbach Hegel Kussmaul Herder
Dickens Schopenhauer Rilke George
Bronner Darwin Melville Grimm Jerome
Campe Horváth Aristoteles Bebel Proust
Bismarck Vigny Barlach Voltaire Federer Herodot
Gengenbach Heine
Storm Casanova Tersteegen Grillparzer Georgy
Chamberlain Lessing Langbein Gilm
Brentano Gryphius
Strachwitz Claudius Schiller Lafontaine
Bellamy Schilling Kralik Iffland Sokrates
Katharina II. von Rußland Gerstäcker Raabe Gibbon Tschechow
Löns Hesse Hoffmann Gogol Wilde Vulpius
Luther Heym Hofmannsthal Klee Hölty Morgenstern Gleim
Roth Heyse Klopstock Goedicke
Luxemburg Puschkin Homer Kleist
La Roche Horaz Mörike Musil
Machiavelli
Navarra Aurel Musset Kierkegaard Kraft Kraus
Nestroy Marie de France Lamprecht Kind Kirchhoff Hugo Moltke
Nietzsche Nansen Laotse Ipsen Liebknecht
Marx Ringelnatz
von Ossietzky Lassalle Gorki Klett Leibniz
May vom Stein Lawrence Irving
Petalozzi
Platon Knigge Kafka
Sachs Pückler Michelangelo Kock
Poe Liebermann Korolenko
de Sade Praetorius Mistral Zetkin

Der Verlag tredition aus Hamburg veröffentlicht in der Reihe **TREDITION CLASSICS** Werke aus mehr als zwei Jahrtausenden. Diese waren zu einem Großteil vergriffen oder nur noch antiquarisch erhältlich.

Symbolfigur für **TREDITION CLASSICS** ist Johannes Gutenberg (1400 — 1468), der Erfinder des Buchdrucks mit Metalllettern und der Druckerpresse.

Mit der Buchreihe **TREDITION CLASSICS** verfolgt tredition das Ziel, tausende Klassiker der Weltliteratur verschiedener Sprachen wieder als gedruckte Bücher aufzulegen – und das weltweit!

Die Buchreihe dient zur Bewahrung der Literatur und Förderung der Kultur. Sie trägt so dazu bei, dass viele tausend Werke nicht in Vergessenheit geraten.

Text der Originalausgabe

Charlotte Niese

Mein Freund Kaspar
und andere Erzählungen

Mein Freund Kaspar.

Draußen lag der dichte Schnee auf den Bergen und den dunkeln Dächern der kleinen rheinischen Stadt. In Scharen kamen die Vögel des Waldes, um in der Nähe menschlicher Wohnungen Schutz vor dem grausamen Hungertode zu suchen. In dem großen, von Mauern umgebenen Hofraum unseres Hauses hatte ich mir ein Futterplätzchen eingerichtet, und Spatzen, Rotkehlchen, Meisen warteten in den Frühstunden des Tages schon lange auf mich, um dann mein Erscheinen mit vielstimmigem Freudengezwitscher zu begrüßen, und täglich erhielt ich mehr Zuspruch; sogar die großen Krähen scheuten sich nicht, schwerfällig in den Hof zu fliegen, um auch ihr Teil zu erhalten.

Es war ein kalter Januarmorgen, und lebhaft ging es auf meinem Futterplatze zu, wo wohl hundert eifrig pickende Vögel saßen, unbekümmert um meine, ihnen jetzt wohlbekannte Gegenwart; und ich sah ihnen lächelnd zu, als plötzlich alle gefiederten Gäste mit großem Geschrei aufstoben; eine fremde Erscheinung war in den Hof getreten. Vorwurfsvoll lärmend saßen die dick aufgepusteten Sperlinge in den entlaubten Zweigen der Obstbäume; sie, die unverschämten Bettler, hatten kein Mitgefühl für den Mann, der bleich, mit ernstem Gesicht vor mir stand; und er war doch ein Kamerad von ihnen; ich sah es ihm an, obgleich er kein Wort sprach; auch er verlangte Barmherzigkeit, auch ihn hungerte und fror. Es gibt Häuser, christliche Häuser, wo die sogenannten »armen Reisenden« immer »aus Grundsatz« von der Tür gewiesen werden; dies Haus, in dem ich mich zur Zeit befand, hatte noch niemals einen Bittenden fortgewiesen, und so kam es denn auch, daß der Eintretende, ohne daß man seine Bitte abwartete, nach wenig Augenblicken vor einer Tasse Kaffee saß und ein großes Stück Brot in der Hand hielt. »Das wird ihm gut tun!« dachte ich zufrieden, während ich aus der Küche, wohin ich den Handwerksburschen – denn ein solcher schien er mir – gewiesen, wieder in den Hof trat, um meinen Vögeln zuzuschauen, welche sich bemühten, reinen Tisch zu machen, was ihnen auch sehr gut gelang. Als ich aber von draußen durch das Küchenfenster blickte, sah ich zu meiner Verwunderung, daß der fremde Gast weder aß noch trank, sondern starr vor sich niedersah. Er hatte ein Gesicht, das man unwillkürlich noch einmal ansehen mußte; ein stilles, nachdenkliches Gesicht mit guten Augen darin, das keinem landstreichenden Vagabonden, sondern einem braven Handwerksgesellen gehören mußte. Auch sein Anzug war nicht so dürftig, wie mir anfänglich geschienen, und ein schweres Felleisen lag neben ihm. Da überkam mich die Lust, mit ihm zu sprechen, und ich trat bald zu ihm ein.

»Heda, Freund, seid Ihr nicht hungrig?« fragte ich.

Er sah mich etwas betroffen an. »Das wohl, Herr; aber es gibt Gedanken, die einem den Appetit verderben!« erwiderte er langsam, und aus seiner Sprache hörte ich sogleich den Norddeutschen heraus.

»Ihr seid ja ein Schleswig-Holsteiner!« sagte ich.

»Ja, Herr!« versetzte der Fremde aufstehend, während er mich glücklich ansah.

»Ist es Euch denn nicht besonders ergangen?« fragte ich.

Er schüttelte den Kopf und sah wieder starr vor sich hin.

»Arbeit habe ich wohl gehabt, aber kein Glück dabei!«

Er war ein einsilbiger Geselle; trotzdem ich ihm sagte, wir seien Landsleute, und obgleich ich plattdeutsch mit ihm sprach, gab er mir nur notdürftig Antwort auf meine vielen Fragen. Er sei ein Tischler und schon drei Jahre in der Fremde; mehr erfuhr ich nicht, und als ich ihn nun fragte, ob er einige Möbelreparaturen hier im Hause vornehmen wolle, von denen ich wußte, daß sie der Frau des Hauses sehr erwünscht sein würden, schien er zuerst gar nicht einmal zu wissen, ob er dies Anerbieten annehmen wolle oder nicht. Erst nachdem er seine Werkzeuge ausgepackt hatte und eifrig hämmernd und leimend in einem Kämmerchen neben der Küche saß, schien er freundlicher zu werden und erzählte den Kindern, daß er Kaspar heiße. Diese hatten nämlich kaum vernommen, daß ein Tischler im Hause sei, als sie auch schon mit invaliden Pferden, Wiegen und Wägelchen angezogen und den neuen Ankömmling fast belagerten. Aber freundlich und geduldig suchte dieser allen zu helfen, und noch keinen Tag war er im Hause, als sämtliche Kinder erklärten, er solle immer dableiben. Bald hatten auch wir andern heraus, daß er ein sehr geschickter Arbeiter sei, und so fand ich für eine Woche Beschäftigung für den fremden Handwerksgesellen. War er dankbar für die freundliche Aufnahme? Man konnte auf seinem ruhigen Gesichte wenig lesen, und so ließ ich ihn einige Tage seines Weges gehen, ohne mich viel um ihn zu kümmern. Am Sonntagmorgen – er mochte schon seit Dienstag im Hause sein und hatte wacker geschafft – begegnete er mir im Garten. Wie gewöhnlich trug er den Kopf leicht gesenkt, und seine Blicke ruhten auf dem mit Schnee bedeckten Boden. »Nun, Kaspar,« redete ich ihn an, »Ihr seht so aus, als wenn Ihr an die Heimat dächtet!«

Er schlug die Augen auf und nickte. »Das könnte wohl zutreffen!« meinte er mit einem leichten Seufzer. »Weshalb geht Ihr denn nicht wieder zurück?« Er schüttelte den Kopf. Langsam schritt er neben mir, der ich den Gartenweg auf- und niederging, und ich sah, daß sein Gesicht einen finstern Ausdruck angenommen hatte.

»Wir konnten uns nicht vertragen!« sagte er jetzt zögernd und trotzig.

»Mit wem konntet Ihr Euch nicht vertragen?«

»Nun, mit dem Theodor, Herr. Er ist zwar mein einziger Bruder, Vater und Mutter sind tot; aber er hat's danach getrieben, daß mich nicht zur Heimat verlangt.«

»Hat er sich nicht freundlich gegen Euch benommen?«

»Freundlich?« Kaspar wiederholte das Wort kopfschüttelnd. »Schon als Jungens konnten wir nicht miteinander spielen; er war zu klug und ich zu dickköpfig. Nachher kam er auf die lateinische Schule, weil er sein Freiwilligenexamen machen sollte, und ich blieb in der Dorfschule. Da wurde er stolz und sah mich gar nicht mehr an, wenn er in den Ferien nach Hause kam; nachdem ich aber konfirmiert und zum Tischler in die Lehre getan ward, wurde es noch schlimmer, und wir haben uns zuweilen gar harte Worte gegeben.«

»Wie kam es denn weiter?« fragte ich.

»Es ging immer so weiter, Herr! Als vor vier Jahren der Vater starb, da mußte Theodor den Bauernhof haben. Er war ja der Älteste und der Feinste! Für ihn war auch so viel Geld ausgegeben worden, daß für mich nichts übrigblieb, als in die Fremde zu wandern. In der Fremde bin ich nun und will jetzt auch hierbleiben. Was soll ich zu Hause? Mein Bruder nannte mich einen Hungerleider, als ich vom Erbteil sprach, und dann ging er hin und heiratete die Kathrin, dir mir immer versprochen hatte –« er stockte und preßte die Lippen fest aufeinander.

»Armer Kaspar,« sagte ich teilnehmend. »Ihr habt Schweres erfahren, und mir will scheinen, als wenn die Fremde Euch auch noch kein freundlich Gesicht macht –«

»O, das ist nicht so schlimm,« unterbrach er mich lebhaft, »Arbeit ist hier schon zu finden, und wäre ich nur katholisch, dann könnte mir's sehr gut gehen; aber es gibt manche Meister, die einen evangelischen Gesellen nicht freundlich ansehen, besonders wenn die Frau Meisterin eifrig zur Beichte geht.«

»Dann sind die Pastoren auch oft nicht freundlich gegen Euch gewesen, nicht wahr?«

»Das war mit Unterschied!« entgegnete Kaspar, dem es entschieden wohltat, sich einmal auszusprechen. »Ein Pastor ist grob gegen mich gewesen. Das war hinten in der Eifel, in einem Dorf, wo ich gute Arbeit fand, und wo auch der Pastor, ein kleiner, dicker Mann, mich in die Kirche mitnahm, weil ich am Beichtstuhl etwas ändern sollte. Wie ich aber nun kein Weihwasser nahm und vor dem Altar meine Knie nicht beugte, fragte er mich, wo ich her sei, und als er erfahren, daß ich ein Lutheraner, da brauchte er böse Worte, schlug drei Kreuze und schickte mich weg. Denselben Tag noch kam er zum Meister, und ich mußte mein Bündel schnüren. Es war mir leid um die Arbeit, sonst nicht. Und dann bin ich in Ortschaften gekommen, wo die geistlichen Herren freundlich mit mir redeten, mir Heiligenbilder schenkten und mich einluden, in die Messe zu gehen. Aber die lateinischen Gesänge konnte ich nicht verstehen, und wenn ich das sagte, ist mir oft sehr bald vom Meister gekündigt worden.«

»Um Gottes willen, Kaspar!« rief ich eifrig; »laßt Euch nicht von den Priestern verführen!«

Er aber zuckte gleichmütig die Achseln. »Loben Sie mich nicht zu früh, Herr! Ich habe mir die Sache überlegt und finde eigentlich, daß die Kapläne recht haben, wenn sie sagen, hier im Rheinland sei die Luft katholisch, und der sie einatme, müsse auch katholisch sein, sonst bleibe er nicht gesund. Ich will nun einmal hierbleiben, die Leute gefallen mir, und die Arbeit ist gut. Sehen Sie, Herr, die Katholiken sind doch keine Heiden! Sie beten mehr als wir Evangelischen, sie glauben an Gott und an Christus; auch von dem Heiligen Geist sprechen sie manchmal, und die Mutter Gottes war doch wirklich eine sehr heilige Jungfrau! Also weshalb sollte ich nicht katholisch werden? Das kann doch keine Sünde sein.«

Ich war stehengeblieben und sah den Frager wortlos an; gleichmütig fuhr er fort:»Als ich neulich morgens zu Ihnen kam, hatte ich Geld in der Tasche, um mir ein reichliches Frühstück zu kaufen, aber ich dachte bei mir: Wenn die Leute in dem großen, weißen Hause dir Kaffee und Brot geben, dann bleibst du hier in der Stadt und gehst in die Messe; jagen sie dich aber fort, so ziehst du weiter und überlegst dir die Sache noch einmal! Nun, Herr, Sie wissen selbst, wie gut es mir ergangen ist.«

Jetzt fand ich wieder Worte.»Kaspar!« rief ich dringend,»Ihr wolltet Euren reinen evangelischen Glauben, in dem Ihr getauft und konfirmiert seid, verlassen? Den Glauben, in dem Eure Eltern gestorben sind?«

Er wich unsicher meinem Blicke aus.»Der Kaplan, mit dem ich zuletzt sprach, sagte mir, daß Luther erst katholischer Mönch gewesen, und daß er zuerst hätte gern katholisch bleiben wollen, aber der Papst –«

In diesem Augenblick läutete die Glocke der kleinen evangelischen Kirche, und ich legte, ruhiger geworden, meine Hand auf Kaspars Schulter.»Wir wollen nachher weitersprechen; kommt jetzt mit mir in unsere Kirche!«

Aber Kaspar trat einen Schritt zurück.»Nichts für ungut, aber das Hochamt beginnt auch gleich. Ich muß mein Gelübde halten und in die katholische Kirche gehen!«

Noch einige Bitten und Ermahnungen verschwendete ich an meinen Landsmann, aber vergebens. Ich merkte deutlich, daß er es sich fest vorgenommen hatte, katholisch zu werden, und daß meine Worte in den Wind gesprochen waren. So ließ ich endlich von ihm ab und ging bekümmerten Herzens in das abgelegene Gäßchen, wo die vom Gustav-Adolf-Verein erbaute kleine Kirche stand.

Scharen von geputzten Kirchgängern begegneten mir: sie verschwanden alle unter dem hohen Portal des katholischen Gotteshauses, während nur wenige Menschen mit mir denselben Weg gingen. Unser schmuckloses Kirchlein war mit wenigen Andächtigen besetzt, und eine künstlich aufgebaute Predigt unseres Geistlichen, in welcher mehr von den alten griechischen Philosophen, als von unserem Herrn Christus die Rede war, ließ mich seufzen; wenn ich mich auch freuen mußte, daß Kaspar nicht mitgegangen war – was hätte er von Sokrates, von Aristoteles, von der platonischen Lehre verstanden? – Auf dem Heimwege wollte mich ein bitteres Gefühl überkommen, daß hier der kleinen, evangelischen Gemeinde kein lauteres Gotteswort gepredigt wurde, daß hier den armen, hungernden Seelen statt des Brotes ein Stein geboten ward. Aber ich beruhigte mich allmählich. »Der Herr wird wissen, wozu es gut ist!« sagte ich mir endlich. »Er will die Herzen so voll Sehnsucht und Verlangen nach ihm machen, daß sie sich zu ihm wenden, gerade wenn eine kalte, ungläubige Predigt ihre Seele verwundet hat.«

Als ich den Weg zu unserem Hause hinaufschritt, saß Kaspar vor dem Gartentor auf einem abgehauenen Baumstamm und sah so starr vor sich nieder, daß er mich nicht zu bemerken schien, und auch ich wollte eilig an ihm vorübergehen, weil er mich vorhin so erzürnt hatte. Aber war das der Frieden, den ich mir aus dem Gotteshause mitgebracht? Einen Augenblick zögerte ich, dann setzte ich mich neben meinen Landsmann. »Habt Ihr Euch erbaut?« fragte ich.

Er fuhr aus seinen Gedanken auf. »Sehr schön war's nicht, Herr; der Pastor erzählte viele Heiligengeschichten. Das waren wohl sehr gute Leute, aber man wird doch bald müde, immer von ihnen zu hören.«

Da versuchte ich denn wieder, ihm klarzumachen, wie er das Licht des lauteren Evangeliums entbehren würde, wenn er sich in das Dunkel des Katholizismus zurückbegäbe, wie leer das Herz bliebe bei dem prunkhaften, äußeren Gottesdienst, aber Kaspar verharrte in standhaftem Schweigen, und ich mußte ihn bald verlassen. Am andern Tage teilte er uns mit, daß der erste Tischlermeister ihn als Gesellen angenommen habe, und daß er zu diesem gehen werde, sobald er seine übernommene Arbeit fertiggestellt.

Dieser Tischlermeister war ein alter, ehrsamer Junggeselle, und ich fühlte etwas wie Erleichterung, daß Kaspar nicht unter den Einfluß einer strengkatholischen Frau Meisterin gestellt wurde.

Uns allen tat es leid, den Gesellen ziehen zu lassen; sein ruhiges, fleißiges Wesen hatte ihm rasch Freunde erworben, und mir ging der Abschied besonders nahe; Kaspar schien wie Wachs in den geschickten Händen der katholischen Geistlichkeit, und ich sah den Augenblick kommen, wo sie triumphierend ihn in ihre Kirche aufnehmen würden. Zum Abschied sprach ich noch lange mit ihm und schenkte ihm eine Bibel, in die ich hineingeschrieben: »Dein Wort ist meines Fußes Leuchte und ein Licht auf meinem Wege.« Als Kaspar die Augen auf diesen Spruch heftete, zuckten seine Lippen vor Bewegung. »Den Spruch hat meine Mutter mir gesagt, als ich von ihr ging!« murmelte er.

»Habt Ihr ihn befolgt?«

»Ich hatte zu viel anderes zu tun,« entschuldigte er sich, »und später ist mir niemals eine Bibel begegnet!«

»Wenn Ihr erst katholisch seid,« bemerkte ich traurig, »werdet Ihr auch keine Bibel mehr sehen. Ihr wißt doch, daß die Geistlichen hier das Bibellesen verbieten?«

Er sah mich mit großen Augen an und drückte das Buch plötzlich fest an sich. »Das lasse ich mir nicht verbieten!« rief er, »Mutter hat immer abends aus der Bibel vorgelesen, und ich sollte nicht mehr darin lesen dürfen?«

»Gerade jetzt sollt Ihr darin lesen,« versetzte ich, »Ihr kommt dann hoffentlich auf andere Gedanken!«

Aber da schüttelte der gute Kaspar wieder den Kopf: Hatte er nicht ein Gelübde getan? Soviel wußte er bereits von den Katholiken, daß man dieses niemals brechen dürfe, sonst erginge es einem bald schlecht. – So mußte ich meinen neuen Freund zum Tischlermeister ziehen lassen und reiste wenige Tage später selbst in die Heimat, manchen Gedanken zu Kaspar sendend.

Nach einem Jahre kehrte ich wieder, aber nur auf wenige Tage, so daß ich wenig Zeit für alle Freunde hatte. Nach Kaspar fragte ich sogleich und erfuhr, daß er noch in der Stadt bei demselben Meister sei. Seine Geschicklichkeit war schnell bekannt geworden, und er bekam so viele Aufträge, daß sein Meister ihm noch zwei Gesellen zur Aushilfe gegeben hatte. Soviel berichteten mir meine Gastfreunde, und Kaspar erzählte mir dasselbe, als ich ihn besuchte. Es war gerade Sonntag, und er saß in der stillen Werkstatt mit einem aufgeschlagenen Buche vor sich, das er bei meinem Eintritt hastig unter die Hobelbank schob. Aber ich hatte es doch erkannt, es war eine mir wohlbekannte Geschichte der Heiligen, deren krankhaft süßliche Sprache und grob kolorierte Bilder ein erbärmlicher Ersatz für unser heiliges Gotteswort sein mußten. Aber ich sagte kein Wort über das Buch, Kaspar aber brachte diesmal das Gespräch auf ernste Dinge.

»Ja, ja,« sagte er plötzlich, »da sitze ich hier nun im Rheinland. Arbeit gibt's genug, und der Verdienst ist reichlich; aber was nützt mir alles? Zu Hause denkt kein Mensch an mich, und niemand fragt nach mir. Vor sechs Monaten schrieb ich einmal an meinen Bruder Theodor, ich möchte so gern etwas aus der Heimat hören; aber er hat mir nicht geantwortet. Ich bin ganz vergessen!«

»Hat der liebe Gott Euch auch vergessen?« fragte ich.

Kaspar sah mich überrascht an.

»Wenn ich's recht bedenke – nein!«

»Und dafür, daß der liebe Gott es Euch wohlgehen läßt, dafür scheint Ihr ihm nicht sehr dankbar zu sein!«

Er stand unruhig auf: »Herr, Sie haben gut reden! Sie haben Verwandte und Freunde, mit denen Sie sprechen können, und die Sie liebhaben; ich bin allein, ganz allein, und das ist mir traurig, selbst wenn ich weiß, daß Gott mich nicht vergißt. Ich habe immer Heimweh und weiß eigentlich nicht wonach. Vielleicht muß ich doch noch einmal wieder in die Marsch, in der ich geboren bin, obgleich sie mir bitter verleidet ist. Sehen Sie,« – er holte das bunte Heiligenbuch hervor, – »da lese ich schöne Geschichten von den Männern, welche lebendig verbrannt und gerädert oder den Tieren vorgeworfen sind und Gott doch gelobt haben. Der Kaplan, welcher mir das Buch lieh, sagte, ich würde beim Lesen froh werden, weil die guten Werke der Märtyrer auch mir nützen könnten, aber mir gruselt bei den Geschichten!«

»Wo ist Eure Bibel?« fragte ich, – aber Kaspar beachtete meine Frage nicht.

»Der Kaplan sagt,« fuhr er fort, »daß die Leiden der Heiligen uns zugute kommen, denn sie stehen vor Gottes Thron und bitten für uns, aber doch will mich das alles nicht so freuen, wie es sollte.«

»Ihr seid wohl schon katholisch?« fragte ich kurz, aber Kaspar schüttelte den Kopf.

»Noch nicht, Herr; ich mache es den Herren Kaplänen nicht so leicht, wie sie sich das wohl zuerst gedacht haben. Sie besuchen mich fleißig, leihen mir Bücher und gehen mit mir spazieren, selbst der Herr Dechant redet mich freundlich an, wenn er mir begegnet. Bei uns zu Lande sind die Pastoren nicht so hinter den Leuten her!«

»Ihr kommt Euch wohl sehr wichtig vor,« bemerkte ich etwas spöttisch, »wenn diese Herren so artig gegen Euch sind? Da wird's Euch sicher nicht schwerfallen, Euren reinen Glauben abzuschwören!«

Kaspar seufzte. »Ich merke es schon. Sie sind mir böse, Herr; aber ich weiß wirklich nicht, was ich tun soll. Ich bin heimatlos. Hier bieten sie mir eine Heimat! Ich bin allein und verlassen: sie sagen mir, daß ich niemals allein mehr sein soll, wenn ich zur allein seligmachenden Kirche zurückkehre. Dann habe ich es mir ja damals vorgenommen, katholisch zu werden, und dann – ich möchte bald heiraten und kann auch eine Frau gut ernähren, aber mich traut kein Pastor, wenn ich nicht verspreche, daß meine Kinder katholisch werden sollen!«

»Ihr könnt ja ein evangelisches Mädchen heiraten!« rief ich, aber Kaspar schüttelte den Kopf.

»Unter denen ist keine, die mir paßt, und die wenigen, die hier sind, sind fast alle verlobt!«

Nach dieser langen Auseinandersetzung hatte er sich wieder gesetzt und sah mich so bittend und hilflos an, daß ich die unfreundlichen Worte, welche ich auf der Zunge hatte, zurückdrängte und nur einfach sagte: »Nun, Ihr müßt wissen, was Ihr tut, und Eure Handlungsweise später verantworten. Aber ich möchte Euch doch raten, anstatt der buntgemalten Heiligengeschichten die Geschichte unseres Herrn und Heilandes oft und gründlich zu lesen. Vielleicht erseht Ihr daraus, noch ehe es zu spät ist, daß wir einen besseren Fürsprecher vor Gottes Thron haben, als alle Heiligen der Erde. Christi Blut ist, das gerecht macht! Als er auf Golgatha sein Haupt im Tode neigte, da litt er so gut für Euch wie für mich und für die Millionen Menschen, welche vor uns lebten und nach uns leben werden!«

Nach kurzem Abschied ging ich, und Kaspar seufzte tief, als er mir die Hand reichte.

»Ich will's wieder mit der Bibel versuchen!« sagte er.

Dies war im Sommer gewesen; eine längere Reise hielt mich der Heimat fern, und der Dezemberschnee fiel schon in dichten Flocken, als ich endlich von Altona aus wieder nach Hause fuhr. Frostig in meine Reisedecke gewickelt, blickte ich aus den Fenstern des Eisenbahnkupees auf die weiße, kahle Landschaft, welche ich im Sommerkleide verlassen. Jetzt lag der Schnee über allem wie ein Totengewand, und während der Zug durch den dämmerigen Tag dahinfuhr, dachte ich an Sterben und Auferstehen. Aber ich sollte nicht lange allein bleiben: auf der ersten Station wurde mein Kupee geöffnet, und ein kräftiger, junger Mann stieg in Begleitung seiner Frau ein. Der Ankömmling war entschieden ein Landmann, seine Kleidung, sein gebräuntes, von einem hellen Barte umrahmtes Gesicht deuteten darauf hin. Auch kam es mir vor, als habe ich ihn schon einmal gesehen, doch, ich wußte nicht wo. Die Frau sah weder so gesund, noch so wohlgekleidet aus wie ihr Mann; ihr Gesicht trug einen verhärmten Ausdruck, welcher der Jugendlichkeit desselben großen Abbruch tat.

Als der Mann bemerkte, daß der Zug noch länger hielt, stieg er wieder aus, um sich noch ein Glas Bier geben zu lassen, unterdessen geräuschvoll mit einigen Landleuten, welche vor dem Bahnhofe standen, sich unterhaltend. Seine Frau rief öfters schüchtern: »Theodor, steig doch wieder ein!« Aber er kam nicht eher, bis der Schaffner ihn rief. Dann setzte er sich mir gegenüber, die andern riefen: »Adieu, Maaßen!« und der Zug fuhr mit uns davon. Ich faßte meinen Reisegefährten näher ins Auge. Maaßen, so hieß auch mein Freund Kaspar; sollte dies der Bruder Theodor sein? Dieser zündete sich eben eine Zigarre an, die er einer eleganten Tasche entnahm, und pfiff leise vor sich hin. Die Sorgen des Lebens schienen ihn nicht zu bedrücken; ich aber beschloß, ihn anzureden und fragte höflich, ob er der Herr Maaßen sei, welcher einen Bruder, Kaspar mit Namen, besitze.

Der Angeredete sah mich einen Augenblick erstaunt an, bejahte dann aber freundlich meine Frage.

»Wo befindet sich dieser augenblicklich?« fragte ich.

Er zuckte die Achseln. »Ich hörte lange nichts von ihm, lieber Herr. Er ist ein Tischler oder Zimmermann geworden und führt ein unstetes Leben, ist auch ein unsteter Bursch, mit dem es nicht leicht war, fertig zu werden!«

»Vor bald einem Jahr hat er uns einmal aus der Rheinprovinz geschrieben!« bemerkte Frau Maaßen leise. Ihr Mann nickte. »Ganz recht, er schrieb mir einmal, aber ich verlegte den Brief. Man hat so vieles zu bedenken, daß das Briefschreiben unterbleibt!«

»Ist Kaspar nicht Ihr einziger Bruder?« fragte ich.

Herr Maaßen sah mich verdutzt an. »Ja, das ist er; aber unsere Ansichten sind sehr verschieden. Ich bin Hofbesitzer, er ist Handwerker; ich bin gebildet, er ist ungebildet und –«

»Ich kenne Ihren Bruder ganz gut,« fiel ich ihm ins Wort; »er macht durchaus keinen ungebildeten Eindruck. Dazu ist er ein sehr geschickter Tischler und wird sicherlich seinen Weg machen!«

»Das habe ich auch immer gesagt!« rief die junge Frau, aber ihr Mann warf ihr einen ärgerlichen Blick zu.

»Sie scheinen meinem Bruder ja recht die Stange zu halten, werter Herr, aber der Kaspar und ich, wir passen einmal nicht zusammen!«

»Verzeihen Sie eine Frage!« rief ich lebhaft. »Sie scheinen sehr bemittelt zu sein; wie kommt es, daß Ihr Bruder als Handwerksbursche fechten mußte?«

Herr Maaßen rückte etwas unruhig auf seinem Platze hin und her. »Das sind Familiengeschichten!« versetzte er unfreundlich. »Ich bin der älteste Sohn, und da ich das Gymnasium besucht und später mein Jahr bei der Kavallerie abgedient, so bin ich meinem Vater teuer geworden, und das Erbteil für uns beide wurde nur klein!«

Er rauchte eifrig weiter, während er sprach, und als ich ihm jetzt nichts antwortete, fuhr er etwas freundlicher fort: »Er hat mir auch einmal geschrieben, daß er Geld brauche; aber ich konnte ihm nichts schicken; die Zeiten sind schlecht, und die Landleute müssen sich elend durchschlagen! Also, Sie meinen, daß es dem Kaspar gut geht? Das sollte mich freuen!«

Es schien mir, als wenn Herr Maaßen ein wenig verlegen geworden sei, und als seine Frau mich freundlich fragte, wo ich ihren Schwager zuletzt gesehen, wandte ich mich ihr zu und berichtete von ihm, daß er ein sehr geschickter Arbeiter sei und viele Bestellungen habe.

»Verdient er wirklich viel Geld?« fragte Herr Maaßen. »Nun, da will ich ihm doch einmal schreiben, und zum Weihnachtsfeste kannst du ihm ein paar braune Kuchen schicken, Kathrin! Es tut mir wirklich leid, lieber Herr, daß er gar nichts nach Vaters Tode geerbt hat; aber mein Jahr bei der Kavallerie kostete zu viel!«

»Konnten Sie denn nicht bei der Infanterie dienen?« fragte ich.

»O, alle Hofbesitzersöhne aus unserer Gegend dienten zu Pferde; da konnte ich ihnen nicht nachstehen! Mein Vater wollte auch immer, ich sollte aus Tertia abgehen und drei Jahre dienen, aber dagegen tat ich Einsprache.«

»Sind Sie Reserveoffizier geworden?«

Er lachte gezwungen. »Herr, was denken Sie! Ich habe nicht einmal die Knöpfe bekommen!«

»Sind Sie viel besser behandelt worden als die andern Soldaten?«

»Das glaube ich auch nicht!« versetzte Maaßen verlegen. »Sie fragen aber scharf aus!«

»Verzeihen Sie,« sagte ich lächelnd. »Ich will auch nicht leugnen, daß ich denke, Kaspar hätte vielleicht noch ein kleines Erbteil bekommen, wenn Sie bei der Infanterie gedient hätten!«

»Das kann sein!« nickte er. »Mir tut auch manches leid, und wenn Sie an Kaspar schreiben, so sagen Sie nur, daß ich ein ganz guter Kerl wäre und mit ihm gern in Frieden leben wollte. Kathrin kann ihm ja auch etwas von der Schlachterei schicken!«

Jetzt hielt der Zug, und Herr Maaßen schien sehr erleichtert, daß er aussteigen konnte. Flüchtig mir ein Lebewohl zurufend, lief er in die Restauration, während seine blasse, kleine Frau noch bei mir sitzen blieb.

»Ich will dem Kaspar gleich schreiben!« sagte Frau Maaßen, »er darf es uns nicht so übelnehmen, wenn wir nicht so oft schreiben. Es sieht nicht gut bei uns aus. Wir haben mit Schulden angefangen und sind immer tiefer hineingekommen. Gott weiß es, wie es enden soll!« Sie trocknete die Augen, die voll Tränen standen, nickte mir noch einmal zu und folgte dann ihrem Manne, der bereits mit einem gefüllten Bierseidel in der Tür des Wartesaales stand und ihr winkte.

Als ich meine Heimatstadt erreicht hatte, verfehlte ich nicht, über Herrn Maaßen Erkundigungen einzuziehen, und bald erfuhr ich, daß die kleine Frau ganz recht gehabt, als sie fagte: »Gott weiß, wie es enden soll!« Ihr Mann stand vor dem Bankerott. Sein Vater, ein ehemals wohlhabender Bauer, war, nachdem der älteste Sohn nach Herzenslust Geld verschwendet, in bedrängten Verhältnissen gestorben, und Theodor, welcher den Hof übernommen und noch vergrößert hatte, schien von dem Werte des Geldes keinen Begriff zu haben. Leichtsinnig, genußsüchtig, keinem Menschen direkt etwas zu leide tuend, war er wirklich das, was er selbst und die Welt einen »guten Kerl« nannte – ein »guter Kerl«, der es selbst verschuldet, wenn er mit Frau und zwei kleinen Kindern den Hof verlassen und ins Elend ziehen mußte.

Das Weihnachtsfest ging vorüber. Nachdem ich mit mir zu Rate gegangen, ob ich Kaspar meine Begegnung mit seinem Bruder mitteilen sollte, entschloß ich mich endlich dazu und berichtete ihm ausführlich von den schlechten Verhältnissen desselben. Wenige Tage, nachdem ich meinen Brief abgesandt, traute ich meinen Augen kaum, denn mein Freund Kaspar trat zu mir ins Zimmer.

»Weshalb kommt Ihr her?« rief ich erstaunt.

»Das ist doch ganz natürlich!« lautete seine ruhige Gegenrede. »Wenn es meinem Bruder schlecht geht, muß ich kommen, um ihm zu helfen!«

»Könnt Ihr das denn?« fragte ich.

Er zog eine Brieftasche hervor. »Ich bin mit meinem alten Meister in ein Kompaniegeschäft getreten und habe durch eine große Bestellung guten Verdienst gehabt.«

»Und Euer sauer verdientes Geld wollt Ihr Eurem Bruder opfern, der Euch um Euer Erbteil gebracht?« Kaspar sah mich mit seinem stillen Blicke an.

»Unser Herr Jesus hat gesagt, wir sollten unserem Bruder siebenzig mal siebenmal vergeben, und ich vergebe meinem Bruder doch erst einmal!«

Ich schämte mich meiner Frage, und er fuhr ruhig fort: »Ich bin zu Ihnen gekommen, um Sie zu fragen, wie ich ihm am besten helfen kann. Von solchen Geschäften verstehe ich nichts. Ich konnte niemals gut lernen!« setzte er bekümmert hinzu.

Da konnte ich ihm denn einen tüchtigen Advokaten nennen, von dem ich wußte, daß er in Maaßens Gegend viele Verbindungen hatte, und Kaspar verschwand so schnell wie er gekommen. Als ich dem Davonschreitenden nachblickte, fiel es mir auf, wie stattlich und wohlgekleidet er aussah; welch ein Unterschied mit dem Handwerksburschen von damals! – Nach etwa zwei Wochen kam er wieder; aber er sah nicht mehr so froh aus wie das erstemal. Auf meine Frage, ob er Gutes hätte stiften können, nickte er: »Das wohl, Herr. Der Advokat ist ein guter Mann, und da der Konkurs noch nicht erklärt war, konnte ich manches von den Gläubigern erreichen.«

»Und Eure Geschwister?«

Kaspar lächelte. »Sie waren froh und dankbar; ich hoffe, Theodor wird nun besser wirtschaften; er hat's mir unter Tränen gelobt, und die Kathrin will auf ihn achten. Ich sollte länger bei ihnen bleiben, aber mich treibt's an die Arbeit!«

»Jetzt, wo Ihr einmal hier seid, solltet Ihr die Heimat nicht sogleich wieder verlassen!« meinte ich, aber Kaspar schüttelte den Kopf.

»Ich weiß nicht, wie es kommt,« sagte er nachdenklich; »aber hier in Holstein habe ich geradesoviel Heimweh wie am Rhein. Dort meinte ich, ich hätte Sehnsucht hierher, und nun verlangt mich wieder nach den Bergen!«

»Ihr sehnt Euch vielleicht nach der katholischen Kirche?« forschte ich, aber Kaspar blickte mich offen an.

»Mein Herr! Ich hab's noch einmal mit der Bibel versucht, und nun ist sie mir solch Licht auf meinem Wege geworden, daß ich nicht verstehe, wie ich dazu kam, katholisch werden zu wollen. Ich war ein blinder Tor, als ich mir das vornahm, und jeden Abend bitte ich den Heiland, mir meine Sünde zu verzeihen!«

»Gott sei Dank!« rief ich. Mir war, als sei ein Stein von meinem Herzen genommen, und Kaspar sah mich freundlich an.

»Ja, Herr; Sie freuen sich; das kann ich mir gut denken, und ich bin auch froh. Ich habe mir das katholische Wesen jetzt ganz genau angesehen; es mag für viele bequem und gut sein, obgleich sich die meisten bei ihrem Beten nicht viel denken, und nur das beichten, was ihnen gut scheint, aber für uns Evangelische ist die katholische Religion nun ganz und gar nichts. Daß man glauben soll, der Papst wäre die Hauptperson auf Erden, und fast ebenso heilig wie Christus, das ist mir wie Gotteslästerung vorgekommen. Und dann alle die Heiligen, die man noch besonders anrufen soll! Nein, Herr; ich habe es dem Kaplan das letztemal, als er mich besuchte, deutlich zu verstehen gegeben, daß mir mein gekreuzigter Heiland tausendmal teurer ist als alle die Heiligen, und seit der Zeit ist er gar bös auf mich und hat übles von mir geredet. Aber was tut es, wenn es mir auch schadet? Ich weiß jetzt, an wen ich mich zu halten habe!«

Kaspar hatte sehr eifrig gesprochen, und seine Wangen röteten sich vor Eifer, während ich ihm freudig zuhörte. Lange und ernsthaft sprachen wir dann noch über diesen Gegenstand, und ich erkannte mit Bewunderung, wie bibelfest und sicher Kaspar geworden, wie er in der Heiligen Schrift geforscht und Wasser aus dem ewigen Brunnen geschöpft hatte.

Zwei Tage weilte er bei mir; dann litt es ihn nicht mehr in Holstein, er wollte heim zu seiner Arbeit. »Ich muß wieder Geld verdienen,« meinte er; »der Theodor könnte doch wieder etwas brauchen, und ich habe gerade jetzt gute Kundschaft: einen Grafen, der sein altes Schloß mit altmodischem Geräte versehen läßt. Mein alter Meister wird mit den Zeichnungen allein nicht fertig.«

Er ging, und ich sollte lange nichts von ihm hören. Er war kein guter Briefschreiber, und meine Freunde, welche mit ihm in derselben Stadt wohnten, hatten sich auf eine große Reise begeben. Aber ich war ruhig geworden über Kaspars Lebensschicksale; der Herr hatte ihn so sichtbarlich geführt, daß ich wußte, er würde ihn auch fernerhin nicht aus seiner starken Hand lassen.

Theodor Maaßen erging es noch immer nicht besonders, obgleich des Bruders Hilfe ihren starken Eindruck nicht verfehlt hatte. Aber wer einmal sich dem Lebensgenuß ergeben, kommt nicht so leicht auf bessere Wege.

Endlich – es waren drittehalb Jahre vergangen – führte mich eine Geschäftsreise im Frühsommer wieder in das Rheinland und in die kleine Gebirgsstadt. Meine Freunde waren zurückgekehrt und empfingen mich in alter Gastlichkeit. Wir hatten uns so mancherlei zu erzählen, daß ich keine Gelegenheit fand, nach Kaspar zu fragen; aber als der schöne Maitag sich seinem Ende zuneigte, litt es mich nicht mehr im Hause; eilig ging ich durch die winkeligen Straßen zu Kaspars Werkstatt.

Ich weiß nicht, wie es kam, noch niemals hatte ich solches Verlangen empfunden, in die guten Augen meines Freundes zu blicken, und so trat ich fast atemlos vom raschen Gehen in das freundlich aussehende Haus, an dessen Haustür neben des alten Meisters Namen auch der von Kaspar in großen Buchstaben prangte. Die Werkstatt, deren Tür ich öffnete, stand leer; nur ein halbwüchsiger Bursche kehrte die Hobelspäne heraus, und auf meine Frage nach Kaspar wies er über den Hofplatz.

»Der junge Meister liegt im Hinterhaus und darf eigentlich nicht gestört werden!«

»Er liegt?« wiederholte ich betroffen. »Ist er krank?«

Der Bursche sah mich verwundert an. »Wissen Sie denn das nicht, Herr? Es sind ja schon sechs Wochen her, seitdem er das Kind rettete. Der Doktor meint, daß der Meister sich damals innerlich erkältet habe.«

Ich hörte nicht mehr, was er sonst sprach; schon war ich an ihm vorbeigeschritten und stand bald in Kaspars Zimmer. Es war ein kleiner, freundlicher Raum. Die Abendsonne schien hinein, und im Fenster standen blühende Blumen. Und unter ihnen lag mein Freund Kaspar, mit stillem Lächeln mir die schmale Hand entgegenstreckend.

»Ich wußte wohl, daß Sie kommen würden!« sagte er leise. Erschüttert, sprachlos stand ich neben seinem Lager, und Kaspar sah mir meine Bewegung an.

»Sie wundern sich wohl, daß ich so elend auf dem Rücken liege? Aber ich konnte doch das kleine Mädchen, das vor meinen Augen in den Fluß fiel, nicht ertrinken lassen. Ich war damals rasch gegangen, – fühlte mich schon lange nicht mehr –« langsam und in Absätzen hatte Kaspar gesprochen, jetzt hielt er erschöpft inne.

»Gott möge Euch wieder gesund werden lassen!« rief ich schmerzlich. Aber er schüttelte den Kopf.

»Gott weiß, was mir gut tut!« flüsterte er. »Ich habe immer Heimweh gehabt, überall wo ich war; aber jetzt weiß ich, daß es aufhören wird, denn ich reise nach Hause!« Seine Augen strahlten in einem fast überirdischen Lichte, als er mit der Hand nach oben deutete.

Es war mir vergönnt, noch einige Tage mit Kaspar zusammen zu sein und ihm stundenlang aus den Evangelien vorlesen zu dürfen. Er ward nicht müde, die Worte unseres Erlösers wieder und wieder zu hören. »Gott weiß doch wunderbarlich mit den Menschenherzen umzugehen!« sagte er einmal. »Erst brachte er mich auf die katholische Religion; das war nur, damit ich die Bibel kennenlernen sollte, und nun hat er mich so zu sich gezogen, daß ich freudig sterbe.«

Ach, und die Sterbestunde kam bald. Es war ein heißer Junitag gewesen. Er hatte ihn bewußtlos verbracht, als aber die Strahlen der scheidenden Sonne auf sein Bett fielen, da öffnete der Sterbende angstvoll die Augen. »Beten!« stammelten seine Lippen, und mit stockender Stimme sagte ich den herrlichen Vers Paul Gerhardts:

»Wenn ich einmal soll scheiden,
So scheide nicht von mir!
Wenn ich den Tod soll leiden,
So tritt du dann herfür!
Wenn mir am allerbängsten
Wird um das Herze sein,
So reiß mich aus den Ängsten
Kraft deiner Angst und Pein!«

Ich weiß nicht, ob der Sterbende diese Menschenworte noch vernommen – vielleicht haben andere himmlische Laute an sein Ohr geklungen, denn als ich geendet, war jede Spur von Angst aus seinem Antlitz verschwunden, und es trug einen Ausdruck strahlender Freude.

Er war nach Hause gekommen. – Neben dem stattlichen katholischen Kirchhof liegt ein kleiner, stiller Winkel; dort werden die Evangelischen begraben, und dort ruht auch mein Freund Kaspar. Als ich im vorigen Jahre einen Kranz auf sein schmuckloses Grab legte, stand ein großer Mann vor demselben – es war Theodor Maaßen.

»Ich konnte es nicht mehr aushalten,« sagte er mit zitternder Stimme, »ich mußte das Grab meines Bruders besuchen. Er hat mich zu einem ordentlichen Menschen gemacht, und ich bitte Gott täglich, daß mir Kaspars treue Arbeit und sein Tod zum Beispiel dienen!«

Ja, mein Freund Kaspar kann vielen, uns allen zum Beispiel dienen. Möchten wir alle wie er das rechte Heimweh haben, um endlich nach Hause zu kommen.

Georg.

Er war ein solch kleiner, schwacher Junge! Sein Kopf war viel zu groß für den schwachen, magern Körper, und die spärlichen blonden Haare, welche auf dem Köpfchen wuchsen, standen borstenartig und häßlich ab, wie das ungepflegte Fell eines Waldtieres. Wer in das blasse, aufgedunsene Gesichtchen blickte, schüttelte unwillkürlich den Kopf. »Lieber Gott, daß solch ein elend Würmchen leben muß, während schöne, kräftige Kinder sterben!« Und dann der Schmutz! Georg war etwa drei Jahre alt und sah aus, als sei er in diesen drei Jahren weder gewaschen noch in ein anderes Kleidungsstück gesteckt! Lumpen und Schmutz bildeten im Sommer wie im Winter seine einzige Bedeckung. – Eigentlich war es eine Schande für das Städtchen, daß solch ein kleiner Haufen Elend dort lebte, daß seiner Mutter, einer wilden, frechen Person, erlaubt ward, in einer erbärmlichen Kate in der dunkelsten Straße zu wohnen. Die Leute schüttelten den Kopf über die Milde der Stadtobrigkeit, und der Bürgermeister seufzte jedesmal tief, wenn er Georg irgendwo erblickte. Aber solange Georgs Mutter höhnisch erklärte, niemals ins Armenhaus zu wollen, konnte man nicht viel mit ihrem Kinde anfangen, und der Kleine blieb, wo er war. Wo war er denn? Überall, wo es einen Rinnstein, wo es einen Schmutzhaufen gab, fand man Georg; heute nach dem Regen vor dem kleinen und alten Rathause, wo aus allen Gegenden die Rinnsteine zusammenliefen und das Wasser wie Tinte war. Dort saß Georg und beschmierte sich Gesicht und Haare mit schwarzem Schlamm. Und wenn die Stadtväter aus der Sitzung kamen und ihren kleinen Mitbürger in so angenehmer Beschäftigung sahen, blieben sie wohl stehen und sagten, das müsse anders werden. Aber es ward doch nicht anders. Man hatte anderes zu denken, als an zerlumpte Kinder, und jetzt, wo die neue Bahn über das Städtchen geführt ward, wo hunderterlei Fragen an den Magistrat herantraten, konnte man sich nicht wundern, wenn manche andere Sache liegen blieb.

Die neue Bahn nahm überhaupt die Aufmerksamkeit aller in Anspruch. Alle Stadtbewohner freuten sich natürlich, einen Bahnhof, eine Station zu bekommen, und jeder klügelte für sich in Gedanken einen ganz besonderen Vorteil dabei heraus. Auch Georgs Mutter meinte, sie müsse etwas mit der neuen Bahn zu tun haben, und da sie, wenn sie wollte, gut arbeiten konnte, so verdang sie sich als Scheuerfrau bei dem neuen Bahnhofsinspektor, der die tolle Christine, wie sie genannt ward, nicht kannte.

Obgleich Christine sich um ihren Jungen eigentlich niemals kümmerte und er auch nicht um sie, so kam es doch ganz von selbst, daß Georg nun manchmal nach der Bahn trottelte. Dort gab es bei dem Schienengeleise Sandhaufen, in denen die kleinen schwarzen Hände behaglich wühlten. Hier waren bunte Steine, an denen gesogen wurde; hier liefen große Männer umher, die dem Kleinen eine Brotrinde, ein Stückchen Fleisch zuwarfen; und so war es ganz natürlich, daß Georg nur gelegentlich die Stadt mit einem Besuch beehrte, und jetzt, wo es Sommer ward, eigentlich immer in der Nähe des Schienengeleises blieb. Die Arbeiter sagten, daß er auch nachts auf einem der Sandhaufen schliefe, aber niemand kümmerte sich darum, ob diese Angabe richtig sei. Der tollen Christine war ihr Kind einerlei, und einen Vater hatte Georg nicht. So konnte er tun und lassen, was er wollte, und er genoß seine Freiheit.

Jetzt wurde die Bahn eingefahren, und alle Tage sauste eine Lokomotive darüber, was alle Kinder entzückte. Scharenweis standen sie am Bahnhof und sahen dem großen Ungetüm zu, das der Hand eines einzelnen Menschen gehorchte; und Georg blickte auch der Maschine entgegen, wenn sie hart an ihm vorbeifuhr. Aber er freute sich nicht wie die andern Kinder, sondern sah ebenso schläfrig aus wie sonst. Er wunderte sich überhaupt niemals und verlor niemals seine Ruhe, auch wenn die Arbeiter ihn zu erschrecken versuchten und wie eine Lokomotive laut prustend auf ihn zuliefen. Dann wurden seine Augen wohl etwas größer, und man sah, daß sie eine braune, durchsichtige Farbe hatten, keinen Laut aber gab er von sich. Und da eigentlich kein Mensch jemals mit ihm sprach, so konnte er nur einige undeutliche Worte lallen.

So lange, wie wir jetzt von ihm reden, hatte kein Mensch in der Stadt über Georg nachgedacht. Gerade jetzt im Juni kam die Eröffnung der neuen Bahn, und es war ein großes Fest. Der Bürgermeister hielt auf dem Bahnhof eine wunderhübsche und sehr lange Rede, das ganze Gebäude war mit Flaggen geschmückt, die Arbeiter hatten alle ihre besten Anzüge an und standen in langen Reihen aufgepflanzt. Nach der Rede gab es für die Behörden und für die, welche halbwegs dazu gehörten, ein Festessen im Wirtshause, und auch die Arbeiter durften feiern. Überall wurde viel gegessen und viel getrunken, und es gab wenig Leute in der Stadt, welche nicht am andern Tage mit schweren Köpfen erwachten. Aber die Bahn war eingeweiht; dreimal täglich fuhr ein Eisenbahnzug am Städtchen vorbei, und alle Welt versprach sich von dieser Neuerung Glück und Segen, mit welchem Ausdruck jeder für sich Geld, Geld und noch einmal Geld meinte.

Georg hatte das Einweihungsfest auch mitgemacht. Er hatte nicht fern vom Bürgermeister in einem Steinkohlenhaufen gesessen und mit ruhigen Blicken die Fahnen, die vielen Menschen und die blanken Instrumente der städtischen Musikkapelle betrachtet. Er hatte aber nicht »Hurra« geschrien, als eine bekränzte Lokomotive angefahren kam; er kannte die Dinger ja und fand die Kränze nicht besonders hübsch. Nachher war's still um ihn geworden: die Leute hatten sich verlaufen, und er war allmählich aus seinen Steinkohlen herausgekrochen, um seitwärts an dem Schienenwege entlangzuschlendern. Hier fand er an gewöhnlichen Tagen manchmal Brotreste, fortgeworfene Speckschwarten und ähnliche, von dem Frühstück der Arbeiter herstammende Eßwaren. Heute aber fand er gar nichts. Wahrscheinlich war hier glatt gefegt worden, und da die Arbeiter frei hatten, konnte heute nichts wieder herkommen. Georg ging langsam weiter. Er hatte schon an verschiedenen, besonders blanken Steinkohlen gesogen; aber sein Hunger war hierdurch nicht gestillt. Bedächtig nahm er hier und dort ein Steinchen, ein Stück Baumrinde auf und leckte daran, aber es schmeckte alles nicht besonders. So kam er allmählich weiter, an den Gärten verschiedener Häuser vorüber, dann durch ein kleines Gehölz und endlich an die erste Bahnwärterwohnung.

Bis hierher war Georg noch niemals gedrungen, und er betrachtete langsam das kleine weiße Haus, den eben angelegten Garten und ein schwarzes Huhn, welches auf dem neuen Gartenzaun sah. Es gackerte, als Georg plötzlich erschien, und dieser setzte sich, von seiner längeren Fußwanderung ermüdet, an das Gitter und betrachtete den Fluß, welcher, vom Städtchen kommend, hier eine große Biegung machte. Dann aber, von großem Hunger getrieben, stand er plötzlich wieder auf und drückte seine kleine, gebrechliche Gestalt fest an den Zaun, als wolle er denselben umwerfen. In diesem

Augenblick erschien ein großer Mann in der Tür des Bahnwärter-häuschens. Er trug einen Rock mit blanken Knöpfen und sah erstaunt in das kohlschwarze Kindergesichtchen, aus dem ihn ein Paar Augen unverwandt anblickten.

»Du bist aber schmutzig!« sagte er halb erschrocken; dann rief er ins Haus: »Regina, sieh doch, wie hierzulande die Kinder aussehen!«

Eine junge, blühende Frau trat über die Schwelle, und als sie Georg erblickte, der sich noch immer nicht von der Stelle rührte, schlug sie die Hände zusammen. »Sollte man es für möglich halten! Junge, hast du denn keine Mutter?«

Auf diese Frage antwortete Georg natürlich nicht; aber er sah unverwandt die Semmel an, welche die Frau in der Hand hielt. Seine Augen mußten eine sehr verständliche Sprache reden, denn plötzlich reichte die gutherzige Frau das Brötchen durchs Gitter, und der Kleine griff gierig danach. Mit unendlicher Geschwindigkeit hatte er das Brot verzehrt, und wieder sah er die Frau an, welche, ohne ein Wort zu sagen, ins Haus ging und bald mit einem Becher Milch und Brot zurückkehrte. Schweigend sahen dann beide junge Eheleute zu, wie der Kleine aß, und der Bahnwärter lachte endlich.

»Der frißt wie ein Wolf, Regine!« Die junge Frau sah mitleidig auf das kümmerliche Kind.

»Der hat's schlecht in der Welt. Sieh seine Lumpen, seine dürren Glieder; sollt's möglich sein, daß so arme Wesen auf der Welt sind?«

»Auf der Welt ist für vieles Platz!« sagte der Wärter lachend, dann winkte er Georg zu. »Nun fortgemacht, Kleiner! Dein schmutzig Gesichtchen hab ich lange genug gesehen!«

Georg hatte eigentlich Lust, bei den guten Leuten zu bleiben. Soviel hatte er noch nie auf einmal gegessen, und er empfand eine behagliche Fülle in seinem Magen, die ihm sehr angenehm vorkam. Aber als der Bahnwärter ihm noch einmal zurief, er solle gehen, gehorchte er. Freilich ging er nicht weit fort. Als er auf dem Rückwege durch das kleine Holz kam, sah er einen Haufen zusammengefegter dürrer Blätter von vorigem Jahr, und da er doch zu Hause nicht erwartet wurde, kroch er zwischen diese Blätter und schlief sanft und süß nach der ungewohnten Mahlzeit ein.

Als Georg aufwachte, war die Sonne gerade aufgegangen. Georg sah die Naturerscheinung öfter, als die meisten Bewohner im Städtchen, und sie machte auf ihn gar keinen Eindruck. Er saß einige Zeit still und sah den Vögeln zu, welche, mit Fliegen und Würmchen im Schnabel, ins Nest zu ihren Jungen flogen; dann spielte er etwas mit zwei leeren Schneckenhäusern, und dann fiel ihm ein, daß er wieder hungrig sei. Die gute Frau, welche ihm gestern Milch gegeben, kam ihm natürlich gleich wieder in den Sinn, denn solche Frau war ihm in seinem Leben noch nicht vorgekommen, und er beschloß, zu ihr zu gehen.

Langsam machte er sich auf den Weg. Das Schienengeleise lag ja vor ihm, und er ging, wie er so oft getan, gerade zwischen den blanken Eisenbändern, die er so gern leiden mochte. In der Ferne läuteten kleine Glocken; das bedeutete, daß bald ein Zug kommen sollte; aber dies Zeichen kannte Georg natürlich noch nicht. Behaglich schlenderte er weiter. Die Sonne schien warm, die Vögel sangen, und an einer Biegung des Weges lag plötzlich das Wärterhäuschen vor ihm. Hell glänzten die blanken Fensterscheiben; im Garten gackerte das schwarze Huhn, und in der Tür stand der große Mann mit einer Fahne in der Hand. Nachdenklich blieb Georg stehen, vor dem großen Mann hatte er eigentlich Angst; er wollte warten, bis derselbe fortgegangen, und so setzte er sich geduldig zwischen die Schienen. In der Ferne ertönte ein Pfiff, und Georg wandte den Kopf kaum zur Seite. So pfiffen die Lokomotiven, aber die kannte er, die taten ihm ja nichts. Vorsichtig sah er wieder nach dem Wärterhäuschen. Da kam der Mann, den Arm hebend zum Fahnenschwenken. Plötzlich stieß er einen Ruf aus und winkte Georg. – »Junge, komm her! weg von den Schienen!«

Aber Georg denkt an die Frau, welche ihm Milch gegeben, und achtet gar nicht auf das, was der Mann sagt. Er will warten, bis er weg ist, und so vertieft ist er in seine Gedanken, daß er gar nicht auf ein Pusten und Schnauben achtet, welches näher und immer näher kommt. Noch einmal schreit der Wärter. Seine Stimme klingt heiser, und als Georg wieder nicht hört, stürzt er auf den Knaben zu, schleudert ihn von den Schienen und will selbst zurückspringen. Es ist zu spät. Schon hat die Lokomotive ihn gefaßt – ein Schrei ertönt – dann ein knirschendes, entsetzliches Geräusch – dann pfeift die Maschine, stößt Dampf aus und steht endlich still. Der Bahnwärter aber liegt tot und verstümmelt auf den Schienen, während Georg nicht weit davon sitzt und erstaunt um sich blickt. –

Die ganze Stadt war in wildester Aufregung, und alle Leute strömten nach dem Wärterhause, um die Stelle zu sehen, wo der brave Mann sein Leben gelassen. Er, der kräftige, blühende Mensch, hatte sich in den Tod gestürzt für das elendeste Geschöpf unter der Sonne, für Georg – für Georg, dem der Tod auf dem Gesicht geschrieben stand, für den es am besten gewesen, wenn der liebe Gott ihn zu sich genommen hätte, der eine Schande der Stadt war! Jetzt sprach alle Welt von Georg – natürlich nichts Gutes, sondern nur das schlechteste, und wer die Leute reden hörte, mußte glauben, sie sprächen von einem Verbrecher und nicht von einem dreijährigen Kinde. Georgs Mutter, welche auch von dieser schrecklichen Geschichte hörte, machte sich eiligst auf und verschwand aus der Stadt. Sie mußte Angst haben, man würde sie zur Rechenschaft ziehen, daß sie ihren Jungen nicht besser beaufsichtigt hätte. Aber daran dachte eigentlich niemand; alle redeten nur ins Blaue hinein, beklagten den Wärter und seine arme Frau und fanden es höchst merkwürdig, daß der liebe Gott solches Schicksal zuließ. Weshalb konnte die Lokomotive nicht Georg zermalmen? Dann hätte kein Mensch geweint, und dem Kinde wäre ebenso wohl gewesen wie der Stadt, die sich nun um dasselbe bekümmern mußte.

»Es ist zu schrecklich!« seufzte der Bürgermeister, als er am andern Morgen mit seiner Frau Kaffee trank. »Die Geschichte geht durch alle Zeitungen, und es wird heißen, die Stadt hätte nicht für den Jungen gesorgt! Nun ist die Mutter fort, und die städtischen Behörden müssen für den Bengel sorgen. Als wenn wir nicht Ausgaben genug hätten!«

Die Bürgermeisterin stimmte ihrem Manne natürlich bei und wollte gerade erzählen, daß sie vor einigen Tagen etwas so Schreckliches geträumt habe, als es an die Tür klopfte. Auf das »Herein!« des Bürgermeisters trat eine große und starke Frau ein. Sie war sehr einfach gekleidet und grüßte ziemlich höflich.

»Guten Morgen, Herr Bürgermeister! Kann ich wohl den Jungen mal sehen?«

»Welchen Jungen?« Der Bürgermeister konnte sehr würdevoll sprechen; aber sein Besuch schien diese Würde nicht zu bemerken.

»Na, Sie wissen schon, welchen Jungen ich meine! Seinen Namen kenne ich nicht; aber ich hab gestern gerade genug von ihm gehört, um mich furchtbar zu schämen. Solch Kind haben wir hier in unserer kleinen guten Stadt gehabt, und kein Mensch hat nach ihm gesehen? Seine Mutter, die keine Mutter ist – eine Person voll Sünde und Schande – und wir, die wir uns einbilden, fromm zu sein, die wir alle Sonntage in die Kirche laufen und uns was vorpredigen lassen – wir wissen, daß der Herr Jesus gesagt hat: »*Lasset die Kindlein zu mir kommen,*« und wir lassen dies Kind wie ein Tier herumlaufen?« – Die Frau war sehr erregt geworden, und der Bürgermeister sehr rot im Gesicht.

»Liebe Frau,« begann er, sie aber unterbrach ihn.

»Entschuldigen Sie, Herr Bürgermeister; ich bin keine Frau, nur die alte Jungfer Rüsch. Und ich handle mit Eiern und Grünwaren und Brot hinter der Kirche. Sie sollten mich kennen, Herr Bürgermeister; denn neulich haben Sie mich höher gesetzt in der Klassensteuer, was ich sehr unrecht finde, und ich will auch reklamieren. Aber der Gerichtsdiener ist ja mein Schwager, und der mußte ja gestern den armen Wurm mit nach Hause nehmen, und seine Frau, meine Schwester, hat versucht, ihn zu waschen und zu reinigen. Mein Schwager aber sagt, der müsse ein Jahr in Seifenwasser liegen, bis er rein würde!«

»Weshalb wollen Sie denn das Kind sehen, wenn Sie wissen, wie es aussieht?« fragte der Bürgermeister spitzig, und Jungfer Rüsch sah ihn treuherzig an.

»Nichts für ungut, Herr Bürgermeister; aber ich wollte den Jungen gern zu mir nehmen.«

»Gegen Kostgeld?« fragte der vorsichtige Stadtvater, und Jungfer Rüsch lachte.

»Nein, Herr, seien Sie man nicht so ängstlich! Viel einbringen tut mein Geschäft gerade nicht, und zu hoch in die Steuer bin ich auch gesetzt; aber solch'n Kindermund kann ich noch satt machen. Liebe Zeit – wie viele alte Jungfern halten sich nicht 'nen Hund oder 'nen Papagei – warum soll ich mir nicht 'nen Kind halten? Geben Sie den Jungen nur mir!«

»Er wird Ihnen Kummer machen!« warnte der Bürgermeister. »Seinen Vater kennt man nicht, und Sie wissen ja, wie die Mutter ist!«

Jungfer Rüsch zuckte die Achseln. »Herr Bürgermeister, verzeihen Sie, wenn ich nicht ordentlich sagen kann, was ich meine, denn gelernt hab ich man wenig, und wenn ich lese, lese ich immer die Bibel, wo von neumodischem Kram nichts drin steht. Aber ich meine, aus dem Jungen kann doch noch etwas werden. Der liebe Gott hat ihn ja offenbarlich behütet, und das glauben Sie mir man ganz ruhig, der liebe Gott versteht seinen Kram! Wir können keine Minute vorausdenken, und der liebe Gott denkt tausend Jahre voraus. Also geben Sie mir nur den Jungen!«

Und so kam es denn. Von Stadt wegen ward Georg der Jungfer Rüsch anvertraut, und der Kleine wußte zuerst nicht, was mit ihm vorging. Er durfte weder im Sande noch in den Steinkohlen liegen, er ward gewaschen und gekämmt, er bekam ordentliche Kleider, er lag in einem Bett, in dem er zuerst nicht schlafen konnte, weil es so ungewohnt war, und er bekam satt zu essen. Es dauerte eine ganze Weile, ehe er sich an alle diese Neuheiten gewöhnte, und eine Zeitlang war er ebenso still und gleichgültig wie früher. Dann trat allmählich ein anderer Ausdruck in seine großen Augen; er fing an, sich umzusehen, er lachte sogar hin und wieder, und dann begann er zu sprechen, erst vorsichtig und leise, dann immer mehr, und als der Bürgermeister, von einer längeren Reise zurückgekommen, bei Jungfer Rüsch vorsprach, sah er überrascht auf einen schlanken, kräftigen Knaben, der ihm ernsthaft die Hand gab. – »Das ist doch nicht –« begann er, und Jungfer Rüsch nickte.

»Das ist er doch, Herr! Na, wir wollen den Tag nicht vorm Abend loben, aber ich meine, der Junge sieht besser aus!«

»Besser aus? Ich hätte ihn nicht wiedererkannt!« Und der Bürgermeister legte unwillkürlich seine Hand auf das blonde Haar des Knaben. Vor einem halben Jahr hätte er sich kaum träumen lassen, daß er freundlich mit dem verwahrlosesten Kinde der Stadt sprechen könnte; jetzt kam es ihm ganz natürlich vor, daß er ihn fragte: »Was willst du werden, Georg?«

»Ein guter Mann!« sagte das Kind schnell und deutlich, voll dem Herrn ins Gesicht sehend. Auf andere Fragen antwortete Georg noch nicht; seine Gedanken bewegten sich schwer von einem Gegenstand zum andern, und noch war es manchmal, als könne er nicht begreifen, daß es ihm jetzt gut gehe. Jungfer Rüsch ließ ihren Pflegling gewähren. Sie hatte mit ihrem kleinen Laden, mit ihrem Hause und Gärtchen zu tun und konnte nicht allzuviel Zeit sich mit Georg beschäftigen. Einmal am Tage erzählte sie ihm was vom lieben Gott, und der Junge hörte andächtig zu. Spielkameraden hatte er nicht; zuerst war er bange vor andern Kindern gewesen, nun machte er sich nichts aus ihnen und saß lieber mit einem Kätzchen im Arm, das er leise streichelte, oder er schnitt vorsichtig Figuren. Alles tat er langsam mit einem gewissen Ernst, und als er in die Schule kam, lernte er auch langsam. Aber der Lehrer lernte doch, sich auf den kleinen, ernsthaften Schüler verlassen, und er war schließlich immer ebensoweit wie die andern, welche wild und lustig in den Pausen spielten.

Jungfer Rüsch hatte Georg allmählich sehr liebgewonnen. Er war ihr nie eine Last, immer eine Freude gewesen, und wenn der große, kräftige Junge aus der Schule kam und ihr erzählte, was er nun alles lernen müsse, dann rieb sie sich die Hände.

»Nun, lieber Gott,« pflegte sie halblaut zu sagen, »ich weiß zwar, daß deine Wege ein bißchen anders gehen als meine, und daß alles noch anders kommen kann, als es jetzt ist; aber bis zum heutigen Tage ist es gut gewesen, daß ich mir damals den Jungen holte. Wenn er groß ist, kann er das Geschäft übernehmen – so wie es ist, wird's ihm wohl zu klein sein. – Na, ich will mal gefälligst lassen, immer in die Zukunft zu denken. Es kommt doch anders!«

Aber wir Menschen können einmal das Plänemachen nicht lassen, und als eines Tages Georgs Lehrer kam und die Jungfer Rüsch fragte, ob der Junge nicht Mathematik lernen sollte, klopfte das Herz der alten Jungfer in stolzer Freude.

»Ich will nicht sagen, daß Georg studieren soll!« bemerkte der Lehrer. »Aber er hat ein merkwürdiges Talent zum Rechnen, mag auch so gern mit Maschinen umgehen. Vielleicht kann er Maschinenbauer oder derartiges werden. Die beiden Jungen vom Bürgermeister und vom Pastor unterrichte ich auch privatim; mir wär's lieb, wenn Georg mitkäme!«

So kam Georg mit in die Privatstunde des Lehrers, und nicht lange, so liefen die Bürgermeisterssöhne Jungfer Rüsch das Haus ein, weil ihr Pflegesohn ihnen bei den Arbeiten helfen sollte, und bald ward Georg von den Eltern eingeladen und benahm sich so vernünftig und anständig, daß der Bürgermeister seinen Söhnen sagte, sie sollten sich ein Beispiel an Georg nehmen.

Eines Tages aber kam der Junge so verstört nach Hause, wie Jungfer Rüsch ihn noch nie so gesehen, und kaum setzte sie sich mit ihm zur Mittagsmahlzeit nieder, als er, das Tischgebet vergessend, sie anredete: »Tante, sage, ist es wahr? habe ich einen Menschen umgebracht?«

»Bete nur erst einmal!« sagte Jungfer Rüsch strenge, und gehorsam neigte der blonde Kopf sich über die gefalteten Hände, während die Lippen leise beteten.

»Wer hat dir das erzählt?« fragte Jungfer Rüsch möglichst ruhig, und Georg antwortete hastig:

»Sie sagen's alle. Die Jungens vom Bürgermeister, die vom Postdirektor – alle wissen's. Ein Bettelkind bin ich gewesen, ein Schmutzfinke; kein Mensch konnte mich anfassen. Gebettelt habe ich beim Bahnwärter, und auf den Schienen habe ich gesessen, als der Zug kam. Da hat der Mann mich fortgerissen, und die Lokomotive packte ihn. Ich aber, das elende Geschöpf, blieb am Leben!«

Es war selten, daß Georg so lange sprach! Jetzt atmete er tief auf: »Tante, nicht wahr, es ist gelogen?« Er sah so bittend zu der alten Jungfer herüber, daß dieser die Tränen in die Augen traten.

»Armer Kerl, die Geschichte ist wahr genug; aber was konntest du dafür? Du warst ein Kind von drei Jahren; jetzt bist du zwölf! Hast du denn nicht auch gelernt, daß ohne Gottes Willen kein Sperling vom Dache fällt?«

Er sah starr vor sich hin. »Meine Schuld war es, daß der Mann starb! Wo ist seine Frau?«

»Sie ist bald von hier fortgezogen. Damals ward für sie gesammelt, und sie hat sich später wieder verheiratet!« »Habe ich denn eigentlich gar keinen Vater und keine Mutter gehabt, die auf mich achtgaben?« fragte Georg plötzlich, und Jungfer Rüsch räusperte sich.

»Mein Junge, du mußt nicht nach allem fragen! Gib dich mit deiner Tante Rüsch zufrieden, und wenn du groß geworden bist, erzähle ich dir mal die ganze Geschichte!«

Aber Georg war von dem einmal gefaßten Entschluß nicht so schnell abzubringen.

»Bin ich denn niemandes Kind? Hat sich kein Mensch um mich bekümmert, als ich klein war?«

Jetzt ward Jungfer Rüsch böse. »Ei, so höre einer den Jungen an! Bin ich niemandes Kind? fragst du, und dabei hat der liebe Gott seine Augen über dir offengehalten Tag und Nacht! Dabei hat er dich vor aller Gefahr behütet und bewahrt, daß du ein großer, starker Junge geworden bist, der seiner alten Tante einmal Freude machen und nicht nach Sachen fragen soll, die er gar nicht versteht. Ob du niemandes Kind bist? Na, wenn wir jetzt beide nach oben in den Himmel hineinblicken könnten, würden wir den lieben Gott sehen, der den Kopf über dich schüttelt und denkt: Nun höre einer den Georg an! Den hab ich sein ganzes Leben lang nicht aus den Augen gelassen, und dann vergißt er mich so ohne weiteres!«

Jungfer Rüsch hatte sich in Hitze geredet, während Georg ihr aufmerksam zuhörte. Als die Alte nun noch etwas murmelte, daß Undank der Welt und auch des lieben Gottes Lohn sei, stand er auf und faßte Jungfer Rüsch um.

»Sei nicht böse, Tante; ich will niemals wieder undankbar gegen den lieben Gott sein! Wenn nur nicht« – er stockte; »wenn nur nicht der Mann meinetwegen hätte sterben müssen!«

Jungfer Rüsch war noch etwas aufgeregt. »Ja, liebes Kind; über den Mann denkst du nun nach, und dem Herrn Christo, der für uns alle gestorben, gönnst du keinen Gedanken! Wenn der Bahnwärter aber nichts von Jesu und von seinem Tod für uns gewußt hätte, würde er wohl kaum daran gedacht haben, sein Leben für dich hinzugeben. Und lernen sollst du daraus, daß auch du dein Leben hingibst für deine Freunde, wenn die Gelegenheit sich mal macht!«

Georg sah nachdenklich die eifrige alte Tante an; aber er sagte nichts. Erst allmählich mußte er ihre Worte überlegen und allmählich sich wieder beruhigen. Als er aber am andern Tage mit seinen Büchern in die Schule ging, blieb er unwillkürlich stehen und sah auf eine Gruppe von Bettelkindern, die im Rinnstein spielten; denn trotz der Eisenbahn und trotz des guten Bürgermeisters gab es immer noch Bettelkinder in der Stadt, und es schien, als wenn immer noch mehr auftauchten. Da waren z. B. die Kinder eines trunksüchtigen Arbeiters, welche allen Leuten lästig fielen, nur ihrem Vater nicht, der sich um sie nicht bekümmerte. Die Mutter war tot, und ihre drei kleinen Kinder wurden nur selten gewaschen und gekämmt, nur selten von ihrem Vater satt gemacht. Gewöhnlich bettelten sie hier und dort herum, und weil es drei possierliche kleine Dinger waren, bettelten sie selten vergeblich. Der älteste Junge hieß August, dann kamen Lise und Lene – alles schmutzige, kleine Geschöpfe von drei bis fünf Jahren, die mit ihrem Lose zufrieden schienen.

Georg kannte die Kinder natürlich sehr gut. Bis jetzt hatte er sie mit einem gewissen Hochmut angesehen; heute stand er still und sah ihnen zu, worauf August ihn aufforderte, ihm einen Pfennig zu schenken. Jungfer Rüsch gab ihrem Pflegling ein kleines Taschengeld, und Georg warf dem Bettler fünf Pfennige hin, dann ging er hastig weiter. Als er wieder aus der Schule kam, fand er die drei Kleinen draußen auf ihn wartend. August hatte sich für die fünf Pfennige Lakritzen getauft, und er und seine Schwesterchen schwatzten und kauten noch behaglich, verlangten aber stürmisch mehr. Diesmal bekamen sie nichts; aber hin und wieder schenkte Georg den Kleinen etwas, und immer, wenn er ihnen begegnete, sah er sie nachdenklich an – solch ein schmutziges Bettelkind war auch er gewesen. Er nahm es auch nicht übel, wenn August ihm durch ein paar Straßen nachlief, immer wieder um einen Pfennig bettelnd, und wenn die andern Jungen den Kleinen mal schlagen oder fortjagen wollten, ergriff Georg seine Partei: »Laßt ihn, er tut euch ja nichts. Was wollt ihr ihn schlagen?«

So kam es, daß August und seine Schwestern in dem festen Glauben aufwuchsen, Georg sei ihr natürlicher Beschützer. Wo er sich aufhielt, da waren auch sie bald zu finden, und wenn sie vor Jungfer Rüsch ihrer Tür erschienen, nahm diese sie wohl gelegentlich herein, gab ihnen etwas zu essen und wusch sie zum Schluß – eine Handlung, welche die Kleinen nicht besonders liebten, aber sich doch gefallen lassen mußten. –

Es war Winter geworden, und der Fluß hatte sich mit dickem Eise bedeckt. An einigen Stellen war die Bahn prachtvoll, und die Jungens tummelten sich fröhlich auf der glatten Fläche. Auch Georg benutzte jeden freien Augenblick zum Schlittschuhlaufen, und niemals sah er besser aus, als wenn er mit roten Wangen und blitzenden Augen vom Eise kam. Er ward auch wieder etwas vergnügter, nachdem er vorigen Sommer still und einsilbig gewesen, und Jungfer Rüsch sah ihm glücklich nach, wenn er nach der Schule mit den blanken Schlittschuhen davonlief. »Aus dem wird noch mal etwas Rechtes!« dachte sie, und viele Leute hatten dieselbe Ansicht, ja die, welche einstmal den Kopf geschüttelt über das Ende des Bahnwärters, meinten jetzt, der liebe Gott müsse Georg doch zu großen Dingen bestimmt haben.

Es war ein Sonnabendnachmittag im Februar. Die Sonne schien hell auf das blanke Eis des Flusses und auf alle Menschen, welche dort Schlittschuh liefen oder herumstanden. Da gab es Zelte auf dem Eise, wo man trinken konnte, eine Drehorgel spielte Tänze, und selbst das Ufer war mit Menschen bedeckt. Auch August hatte sich mit seinen kleinen Schwestern aufs Eis begeben. Er fand es sehr vergnüglich, sich überall, wo es ihm einfiel, mit Lene und Lise hinzustellen, den Finger in den Mund zu stecken und allen Leuten im Wege zu sein. Aus ein paar Püffen machten diese drei sich gar nichts; hier und dort warf jemand ihnen ein Stück Butterbrot hin, und das wog alle Püffe auf. So kamen sie schließlich an die Trinkbude, vor deren einen Seite eine Anzahl geleerter Flaschen standen, und August nahm jede und versuchte, ob noch ein wenig darin sei. Drei oder vier waren wirklich leer; in der fünften befand sich ein großer Rest, der natürlich aus Versehen fortgekommen war. August probierte einen tüchtigen Schluck. Es schmecke süß, wenn auch ein wenig scharf; Lene und Lise wollten auch ihr Teil haben, und in wenig Augenblicken hatten die drei Kleinen den wohlschmeckenden, aber sehr starken Likör gänzlich ausgetrunken. Zuerst wurden sie sehr heiß, dann schwindelig und müde, und da niemand auf die drei Kinder achtgab, so bemerkte auch keiner, daß sie erst ein bißchen sonderbar herumliefen und dann zwischen Fischernetzen und

Stangen sich an dem Fleck niederkauerten, wo Warnungstafeln besagten, daß an diesen Stellen Löcher im Eise für den Fischfang geschlagen waren. Kein Mensch lief hier, und es war so still und friedlich, daß die Kleinen bald einschliefen. Lene und Lise hätten wohl die ganze Nacht durchgeschlafen. August aber wachte auf, als die Sonne unterging. Er wußte nicht, wo er war, fing an zu weinen und weckte dadurch seine beiden Schwestern, die in das Geschrei einstimmten. Dann liefen sie auf das junge, keine Nacht alte Eis, das nach einer Seite hin sich weit erstreckte, und alle drei heulten in allen Tonarten.

Die Schlittschuhbahn, die ziemlich weit entfernt lag, war leerer geworden, die wenigen aber, die sich noch dort fanden, hörten das Geschrei. Unter ihnen war Georg, der in großen Schritten angefahren kam, und als er August und seine Schwestern erkannte, ihnen laut zurief, sie sollten umkehren und zu ihm kommen. August aber hörte nicht, oder er war von dem starken Getränk noch verwirrt – gerade in der entgegengesetzten Richtung lief er fort, bis er an eine Stelle des Eises kam, die auch ihn nicht mehr trug. Ein Krachen – ein Schrei nach Georg – dann versank August im Wasser. Lene und Lise folgten ihm in weniger als einer Sekunde, während von der andern Seite Georg mit Windeseile näher kam. – – –

Als August wieder die Augen aufschlug, sah er eine Menge fremde Gesichter um sich her. Er steckte in wollenen Tüchern, und jemand hielt ihm ein warmes Getränk vor die Lippen. Aber er schüttelte den Kopf.

»Wo ist Georg?« fragte er ängstlich. Da ging es wie ein großes Aufschluchzen durch die Menschenmenge, und als der Kleine nun jämmerlich schreiend nach seinem Retter verlangte, da weinten viele Augen, die das Weinen verlernt, denn – Georg war ertrunken. August und seine Schwester Lene hatte er aufs Eis werfen können, dann mußten die Kräfte ihn verlassen haben; und er und die kleine Lise kamen niemals wieder zum Vorschein – auch nicht, als es Frühling ward, und der Strom mit mächtigen Wellen gegen das Ufer schlug, und Jungfer Rüsch, die jetzt so oft am Ufer stand und hineinblickte, konnte ihren Jungen doch nicht wiederfinden. Aber jedesmal, wenn sie ihr einsames Haus wieder betrat, schüttelte sie den Kopf und murmelte: »Es tut auch nichts, wenn ich ihn hier nicht wiederfinde; eines Tages kriege ich ihn doch wieder zu sehen, und dann erzählt er mir, was er gedacht, als er in das kalte Wasser sprang. Ja, lieber Gott, deine Wege sind unerforschlich!« Und die tapfere alte Jungfer verbiß sich die bittern Tränen. Nur einmal, als der Bürgermeister ihr ein großes Bild von Georg brachte, weinte sie bitterlich.

»Ich bin so stolz auf ihn gewesen, und nun kann ich gar nicht recht dankbar gegen den lieben Gott sein, daß er ihn mir so lange gelassen! Und ich mag August gar nicht sehen, und seine Schwester auch nicht!«

»Das haben Sie auch nicht nötig!« tröstete der Bürgermeister. »Die Kinder sind schon im Armenhause!«

»Im Armenhause?« Jungfer Rüsch trocknete ihre Augen. »Na, da werden sie es auch schlecht genug haben!« – Sie dachte einen Augenblick nach. »Schicken Sie mir man die kleine Lene! Ich will's mit ihr versuchen. Lieber Gott, ich hab mich nun einmal an Kinder gewöhnt, und damals, als die ganze Stadt wütend auf Georg war, nahm ich mich seiner an. Nun bin ich geradeso wie die andern Leute und will nichts von den armen Dingern wissen, und sie konnten doch nichts dafür, daß ihr Vater nicht aus sie paßte. Und Georg würde auch nicht wollen, daß ich mich nicht um die Kinder kümmerte! »Tante,« sagte er noch in diesem Winter, »sie sind geradesoviel, wie ich gewesen bin.« Ja, Herr Bürgermeister, schicken Sie mir nur das kleine Mädchen, und der Junge soll sie jeden Sonntag besuchen!«

Neulich hatte der Bürgermeister Besuch von einem Freunde, der es in der Welt weiter als er gebracht. Der war Oberbürgermeister einer großen Stadt und erzählte viel von Wasserleitungen, öffentlichen Gebäuden und elektrischem Licht. Er war mit Recht stolz auf seine Stadt, und als beide Herren miteinander am Flußufer spazierengingen, von dem man das Städtchen bequem übersehen konnte, vermochte er die spöttische Frage nicht zu unterdrücken, ob denn sein Freund sich niemals aus diesem kleinen Neste fortgesehnt habe? In diesem Augenblick kam eine alte Frau an den Herren vorbei, zwei ordentlich gekleidete Kinder an der Hand haltend, und der Bürgermeister zog den Hut so tief vor ihr, daß der andere ihn erstaunt anblickte. »Nein,« sagte unser Bürgermeister jetzt lächelnd,

»ich habe kein elektrisches Licht, keine großen Bauten, keine Wasserleitung; aber ich habe Jungfer Rüsch, und früher hatte ich auch noch Georg; und wenn ich dir die Geschichte von beiden erzählt haben werde, wirst du zugeben, daß mein kleines Nest manchen Schatz birgt, der beim lieben Gott mehr Anklang findet, als selbst die größten Bauten!«

Am andern Morgen brauste der Zug fort von der kleinen Stadt. An einem Fenster des Eisenbahnwagens stand der Oberbürgermeister und blickte hinaus, bis er an der Stelle vorüber war, wo der Bahnwärter bei Georgs Rettung verunglückte. Dann setzte er sich und blickte auf den Fluß, der im Sonnenschein friedlich erglänzte. Am Ufer stand ein kleines weißes Kreuz. Das hatte die Stadt errichtet, und die Sonne schien hell auf den Namen. »Georg« stand dort geschrieben, so deutlich, daß der Herr in der Eisenbahn den Namen lesen konnte.

Aber eines Tages wird das Kreuz umfallen und der Name verlöschen, und niemand wird wissen, wer Georg war. Nur einer wird ihn niemals vergessen, denn er hat ihn in seine Hände gezeichnet.

Die Nadel.

In dem Nadelbuch meiner alten Tante steckte jahraus, jahrein eine feine, halbverrostete Nähnadel. Durch ihr enges Auge war ein dicker Zwirnsfaden gezogen, so dick, daß man ihn nicht von der Stelle bewegen konnte. Es war überhaupt unbegreiflich, wie der Faden in die Nadel gelangt.

»Diese Nähnadel hat der liebe Gott eingefädelt!« pflegte meine Tante zu sagen, wenn man sie nach der Nadel fragte. »Ja, in Wahrheit, der liebe Gott hat's getan, und jedesmal, wenn ich einmal verzagt oder traurig gewesen bin, sehe ich die Nadel an. Dann weiß ich, er, ohne dessen Willen kein Sperling vom Dache fällt, hat auch mich nicht vergessen! Ich war noch ein junges Mädchen, als ich mich zum Besuch bei einer Freundin aufhielt, die einen achtjährigen Knaben besaß, welcher der Stolz und die Wonne seiner Eltern war. Damals gab's noch keine Eisenbahnen; man fuhr überall mit dem Wagen hin, und die Wege waren herzlich schlecht. Als ich endlich wieder abreiste, brachten die Eltern und Ernst, ihr Sohn, mich nach der etliche Meilen entfernten Poststation, einem kleinen Städtchen mit elendem Pflaster. Hier geschah es, daß der Wagen mitten auf der Straße niederbrach, und daß wir alle hinausgeschleudert wurden. Den Eltern und mir geschah nichts, der Junge aber war gegen einen Steinhaufen geflogen und lag bewußtlos und blutüberströmt da – ein Bild des Todes. Mit verzweiflungsvollem Schrei warf sich die Mutter neben ihn an die Erde, und mit zitternden Fingern – kaum wagte er das geliebte Haupt zu berühren – untersuchte der Vater seinen Liebling. In diesem Augenblick kam der Schäfer des Ortes, der, wie wir nachher hörten, in Behandlung von Wunden sehr geschickt war. Er beugte sich über das bewußtlose Kind und rief laut: »Schnell Nadel mit Faden, aber schnell, schnell, um Gottes willen!«

In meiner Kleidertasche befand sich dies Nadelbuch, darin eine ganz feine Nadel und etwas loser, grober Zwirn. Hastig griff ich nach beiden und versuchte, den dicken Zwirn einzufädeln. Es gelang natürlich nicht. Ich versuchte vier-, fünfmal, immer noch hoffend, die andern möchten eine andere Nadel oder andern Faden finden. Aber sie knieten fassungslos vor ihrem sterbenden Kinde, und der alte Schäfer raufte sich das Haar, weil er keine Nadel mit Faden bekam, welche die klaffende Kopfwunde des Knaben schließen sollte. Da schrie ich zu Gott: »Hilf mir, Gott, hilf mir in dieser Not! Mein Heiland, verlaß mich nicht!« Ich hatte laut geschrien, und der liebe Gott erhörte mich. – Der dicke Faden war plötzlich, ich weiß nicht wie, in das feine Nadelöhr gekommen, und mit ihm ward die Wunde geschlossen. Ohne Nadel und Faden hätte das Kind sterben müssen – so sagte nicht allein der Schäfer, sondern die Ärzte bestätigten ferner seine Ansicht. Wochenlang lag der Knabe zwischen Leben und Tod; ich aber wußte, daß er leben würde. Er genas, und jetzt ist aus dem Knaben ein tüchtiger Mann geworden. – So habe ich in jungen Jahren die Kraft des Gebetes so deutlich an mir erfahren, daß mich diese kleine Nadel nie verlassen hat. Viele Leute haben mich ausgelacht; niemand aber hat den Faden wieder aus der Nadel ziehen können, und selbst der ärgste Spötter ist still geworden, wenn ich ihm dies kleine Ding zeigte. Und wenn's die Leute nur versuchen wollten, sie würden auch an sich selbst merken, daß Gott sie erhört, wenn sie zu ihm schreien.« –

So erzählte meine Tante, und wir Kinder haben viele Male die kleine, dünne Nadel betrachtet, an der ein Menschenleben gehangen. – Jetzt ist unsere Tante bei dem, an den sie mit der ganzen Kraft ihres reichen Geistes glaubte – manche aber von denen, die diese wahre Geschichte lesen, werden auch mehr als einmal eine so wunderbare Gebetserhörung erfahren haben.

Der Orgelpeter.

Eine Weihnachtsgeschichte aus der Eifel.

Die meisten können keine Drehorgel vertragen. Dem einen belästigen sie die Nerven, den andern machen sie melancholisch, und der dritte ärgert sich über den Orgelspieler selbst. Deshalb hatte auch der Orgelpeter eine schwierige Stellung in der kleinen Eifelstadt. Seine Drehorgel besaß nämlich den denkbar schrecklichsten Ton; eigentlich war es kein Ton mehr, sondern nur ein gurgelndes Gequiek, das nervenerregend und ohrenzerreißend wirkte und mit einer Melodie keine Ähnlichkeit mehr besaß. Spötter behaupteten, die Orgel spiele überhaupt nicht mehr, es seien nur die Hunderte von Mäusen, welche in ihr hausten, deren Stimmen man vernehme – jedenfalls war die Stellung des Orgelpeters eine schwierige, denn alles lief fort, sobald er mit seinem elenden Instrumente erschien, und nur die kleinen Jungens beachteten ihn so weit, daß sie ihn mit Steinen warfen. Spott und Steinwürfe konnte er schon ertragen, an beides war er gewöhnt; aber niemand gab ihm mehr einen Pfennig, und der Hunger tut weh. Früher war es der alten Drehorgel doch gelungen, diesen bösen Feind von Peter fortzuhalten. Viele Jahre hindurch hatte sie mit ihrem Herrn jeden Markt in der Vordereifel besucht, und mancher blanke Taler war durch sie verdient worden, nun aber konnte sie nicht mehr, so viele Mühe sie sich auch gab, und Peter mußte einsehen, daß es mit ihr nicht mehr ging – was sollte er aber ohne seine Drehorgel anfangen? Er war alt, lahm, und wie die Leute sagten, sehr dumm, da ist es schwer, sich auf eine neue Hantierung zu besinnen.

Als er nun eines Tages wieder die Orgel draußen vor der Stadt gespielt und Spott und Hohn geerntet hatte, setzte er sich gar trübselig auf die Schwelle eines Heiligenhäuschens und blickte durch das Gitter nach der lebensgroßen Figur des heiligen Petrus, welcher, den Schlüssel in der Hand, ernsthaft und aufgerichtet in einer Mauernische stand. Vor ihm brannten einige Kerzen und warfen einen flackernden Schein in das hölzerne Gesicht des Heiligen, ihm einen absonderlichen Ausdruck gebend. Der Orgelpeter war zwar ein guter katholischer Christ und beichtete jeden Ostern seine Sünden so gut, wie er's verstand, aber über die lieben Heiligen im Himmel hatte er selten nachgedacht. Jetzt fiel ihm plötzlich ein, daß Sankt Petrus sein Schutzpatron sei und ihm gewiß helfen würde, wenn er ihn bitte, deshalb zog er schnell seine Mütze vom Kopfe, faltete die steifen gichtigen Hände und kniete vor dem Gitter nieder.

»Heiliger Petrus!« sagte er, »bitt' für mich, und hilf mir in meiner Not! Mußt es nit übel vermerken, daß ich dich so lang' gar nit angesprochen hab', aber ich mag die Leut' nit mehr inkommodieren als nötig. Weißt ja auch, daß ich Peter heiß' nach dir, und ich mein', daß du mir daher schon was zu Gefallen tust! Schau her – 's ist armselig um mich bestellt, hab' kein Brot und kein Geld, und die Leut' spotten mich aus mit mein Orgelche. Sie ist noch gar nit so übel und für mich lange gut – mein Mutter selig hat schon an ihr gedreht – aber heutzutag' soll alles fein sein! Heiliger Petrus! zwei Kerzen will ich dir anzünden, wenn du mir hilfst, und die Kappe will ich jedesmal ziehen, sobald ich hier vorübergeh', und wenn ich's oft vergessen, so war's nit bös gemeint!« – Peter hatte sehr eifrig und eindringlich gesprochen, ohne die Augen zu erheben – jetzt sah er scheu in das unbewegliche Gesicht des Heiligen, als wenn er eine Antwort erwarte. Aber diese blieb aus. Die brennenden Kerzen flackerten unruhig im Winde, und einige Schatten huschten über das Bildwerk – das war alles. Peter aber stand erleichtert auf. Ein so langes Gebet hatte er noch niemals gesprochen, und er fand, daß er seine Worte gut gewählt. Er ging zufrieden in sein dunkles, feuchtes Kämmerlein und würde sich gar nicht gewundert haben, wenn in demselben Augenblick der heilige Petrus ihm dort mit einer neuen Drehorgel auf dem Arm entgegengetreten wäre. Aber es blieb alles beim alten: seine Orgel ward nicht besser, der Verdienst immer elender, und der Orgelpeter fühlte sich täglich unglücklicher. Zuerst ging er alle Tage an dem Heiligenhäuschen vorüber und nickte dem Sankt Petrus vertraut zu, als wenn er ihn an seine Bitte erinnern wollte; mehrmals sogar setzte er sich mit seiner Orgel auf die Stufen der kleinen Kapelle und spielte ganz gottserbärmlich, bis die Polizei ihn fortjagte. Aber der Heilige schien taub für Gebet und Musik, Peter hörte endlich mit beidem auf und nahm es eigentlich übel, daß Petrus ihn so schlecht behandelte. Eines Tages ging er sogar zum Kaplan und verklagte seinen eigenen Schutzheiligen.

»Ich weiß gar nit, was ich dem Herrn Petrus getan!« sagte er. »Da geh' ich und bitt' und bitt', und er ist ganz taub geworben. Und ich hab' ihn sonst nie um etwas gebeten – ich meine doch, er könnt' mir mal einen Gefallen tun. Nun will ich einen andern Herrn bitten, mir ein' neue Drehorgel zu geben, und Ihr sollt mir sagen, wer's am ersten tut!«

Der Herr Kaplan suchte den armen, lahmen Peter zu trösten. So leicht, sagte er, ginge es niemals mit der Erfüllung von Wünschen und Gebeten, denn die Heiligen hätten viel zu tun und könnten sich nicht immer um die einzelnen Menschen bekümmern. Der junge Geistliche sprach sanft und freundlich mit dem Alten, aber dieser machte ein verdrießliches Gesicht.

»Wenn Ihr mir nicht einen andern heiligen Mann sagen könnt, der mir meine Bitten erfüllt, dann geh' ich zum Herrn Dechanten. Der ist neulich an mir vorübergegangen und hat mir einen Groschen geschenkt!«

Da lächelte der Kaplan unwillkürlich, holte ein Zwanzigpfennigstück aus seiner Tasche und reichte es dem Orgelpeter. Dann blickte er sich in seinem bescheiden eingerichteten Zimmerchen um, nahm ein Bild von der Wand und reichte es Peter. »Dies ist das Bild des Aloysius,« sagte er; »du weißt doch, Peter, daß der heilige Aloysius der Schutzpatron aller ehrsamen Junggesellen ist? Er ist auch eines schrecklichen Todes gestorben, weil er sich nicht verheiraten wollte. Ich will dir das Bild schenken, Peter; vielleicht hilft dir der heilige Aloysius.« – Der Orgelpeter nickte zufrieden, brummte nur einen unverständlichen Dank, nahm das eingerahmte Bild unter den Arm, steckte das Zwanzigpfennigstück in die Tasche und ging nach Hause. Dort schlug er in seinem armseligen Zimmerchen einen Nagel in die Wand, über dem Platze, wo die alte Drehorgel stand, und hing den heiligen Aloysius daran auf. Er war sehr stolz auf seinen neuen Heiligen, und sein Freund Fridolin mußte gleich kommen und den neuen Zimmerschmuck bewundern. Fridolin war ein kleiner achtjähriger Junge, der mit seiner Mutter in demselben Häuschen mit Peter wohnte. Er hatte noch niemals über Peter gelacht, oder über die arme Orgel gespottet, und deshalb empfand der alte Mann soviel Zuneigung zu dem Knaben, wie überhaupt Platz in seinem alten, vertrockneten Herzen war. Fridolin betrachtete also ehrfürchtig das Bild des guten Heiligen; aber er war in Hunger und Kummer groß geworden und daher für sein Alter altklug und mißtrauisch.

»Der Aloysius hat viel zu tun in der Welt!« meinte er, nachdem er sich eine Zeitlang besonnen. »Ich hab schon von ihm gehört; aber die Mutter sagt, das Heiraten kommt aus der Mode, denn alle Männer wollen Junggesellen bleiben! Paß nur auf, Peterchen, daß du deine Worte schön stellst, sonst hört dich der Aloysius nit!«

Aber Peter war überzeugt, daß der Heilige nur auf eine Gelegenheit wartete, um ihm einen Gefallen zu tun, und daß er in den nächsten Tagen eine neue Drehorgel erhalten werde. Daher brummte er nur in den Bart, daß der Fridolin ein dummer Bub sei und von dem heiligen Aloysius durchaus nichts wissen könne. In demselben Augenblick rief die Mutter des Knaben von unten her, und Fridolin, welcher nicht allein zur Schule ging, sondern in den Mußestunden Lumpen und Knochen sammelte, verließ den alten Peter, um seinem Gewerbe nachzugehen. In den Straßen der kleinen Stadt spielten täglich viele Kinder, so daß man unwillkürlich denkt, alle Knaben und Mädchen hätten nichts anderes zu tun, als zu kreiseln, Versteck zu spielen, oder mit Steinen das Obst von den Bäumen herabzuwerfen. Aber Fridolin spielte niemals; er mußte seiner Mutter bei allen häuslichen Hantierungen helfen, und wenn sie ausging, um Lumpen und Knochen zu verkaufen, dann wartete er sein jüngstes Schwesterchen. Manchmal leistete der Orgelpeter ihm dabei Gesellschaft, aber seitdem er das Bild des heiligen Aloysius bekommen hatte, bekümmerte er sich nicht mehr um Fridolin und erwartete täglich seine neue Orgel.

Aber der Heilige mußte wirklich viel zu tun haben, denn obgleich Peter ihn seit dem Frühjahr inständig um die Gewährung seines Wunsches bat, so verging doch der ganze Sommer, ohne daß er sich auch nur das geringste merken ließ. Es wurde Herbst, und an den Bergabhängen brannten schon die Feuer vom Kartoffelkraut, aber Peter wartete noch immer auf seine neue Orgel. Er wurde recht ungeduldig und mürrisch, und als er eines Tages wieder vor dem Heiligenhäuschen am Tor saß und bitterlich weinte, da sammelte sich eine ganze Menschenschar um ihn und hörte, halb mitleidig, halb lachend, seine traurige Geschichte. Das Bild des heiligen Aloysius war von der Wand auf seine Drehorgel gefallen, Rahmen und Glas waren zersplittert, und auch das Angesicht des Heiligen hatte Schaden genommen. Nun war es klar: die Heiligen im Himmel bekümmerten sich nicht um den Orgelpeter und wollten von seiner

Bitte nichts wissen. Der Alte schluchzte laut, als er an diesen Satz kam, und man merkte es ihm an, wie sehr ihm die Sache zu Herzen ging. Er wollte sich auch nicht trösten lassen, als ihm eine oder die andere mitleidige Seele ein kleines Geldstück in die Hand drückte; stundenlang saß er an derselben Stelle, immer wieder sein Leid erzählend. Zuletzt war er ganz allein, denn die meisten Leute haben nicht viel Zeit, auf die Klagen anderer zu hören. Peter wunderte sich auch nicht darüber; er war gewohnt, schlecht behandelt und vergessen zu werden und fuhr erschreckt zusammen, als lange nachdem die Dunkelheit hereingebrochen, eine kleine Hand sich auf seine Schulter legte.

»Peterchen, komm heim!« sagte Fridolins atemlose Stimme. »Wir haben Kartoffeln zu Abend gegessen, und in meiner Tasche sind noch vier Stück! Komm, nimm sie; ich bin ganz satt!«

Der Orgelpeter nahm die dargebotene Gabe schweigend und ohne Dank; aber er fühlte sich doch etwas getröstet.

»Was soll ich heimkommen?« fragte er klagend. »Deiner Mutter bin ich die Miete für acht Wochen schuldig, und bald wird sie mich auf die Straße werfen, denn vor meiner Orgel laufen die Leute fort! Ach, du heiliger Aloysius, was hab ich dir doch getan, daß du mich so verachtest!«

Der Alte war aufgestanden und humpelte stöhnend die steinige Straße hinauf; Fridolin aber ging nachdenklich neben ihm her.

»Weißt du, Peterchen,« sagte er, »ich hab noch von einem gehört, den man bitten kann –'s ist kein Heiliger!«

Peter schüttelte den grauen Kopf. »Laß mich in Ruh'!« sagte er mürrisch. »Ich will niemand mehr bitten, denn so dumm bin ich auch nit, daß ich nit merke, wie die hohen Herren mit mir nix im Sinn haben! Mein bissel Brot will ich mir zusammenbetteln, und mein' alte Orgel kann ich im Ofen verbrennen. Dann leg' ich mich hin und sterbe – so ist alles aus!«

»Es ist aber gar kein hoher Herr, den du bitten sollst!« rief Fridolin eifrig. »Es ist ja das Christkind, was ich mein'! Es hat in einer Krippe gelegen, aber um Weihnacht kommt's immer wieder auf die Erde, und wer es recht von Herzen um was bittet, der bekommt's gleich. – Ich will das Christkind um eine neue Hose bitten!« setzte Fridolin triumphierend hinzu.

Mittlerweile waren beide vor ihrer Hütte angelangt, und kopfschüttelnd sagte er: »Das Christkind ist nix für mich! Das ist noch niemals zu mir gekommen. Ich bin alt und lahm und verdrießlich, da mag niemand um mich sich bekümmern!«

Fridolin antwortete nicht. Er sah nur mit glänzenden Augen in den dunkeln Sternenhimmel über ihm. Er glaubte ans Christkind, obgleich es ihm noch niemals etwas gebracht hatte. Der Orgelpeter aber ging in sein dunkles, kaltes Zimmer, warf sich auf seinen Strohsack und versuchte einzuschlafen. Es gelang ihm aber nicht, – er mußte unwillkürlich an das Christkind und dann an Fridolin denken. Der Junge hatte ihm von seinen Kartoffeln abgegeben und war doch sicherlich noch hungrig gewesen. Ja, der Fridolin besaß ein gutes Herz, und wenn es noch Gerechtigkeit gab, dann mußte das Christkind auch etwas für den Kleinen tun. Aber es gab ja einmal keine Gerechtigkeit, und mit diesem traurigen Gedanken schlief Peter ein.

In den darauf folgenden Wochen ward der Orgelpeter immer wortkarger und stiller, und oft ging er aus ohne seine Orgel. Manchmal schlich er in der Stadt von Haus zu Haus; öfters aber humpelte er auf die umliegenden Dörfer und kam erst spät heim. Fridolin wunderte sich im stillen, aber er hatte nicht viel Zeit, darüber nachzudenken, denn er mußte für die Schule lernen und für seine Mutter arbeiten. Oft dachte er an das Christkind, denn die Weihnachtszeit rückte näher, und der Lehrer in der Schule erzählte immer neue und immer schönere Geschichten.

So war es Dezember geworden, und die Sonne schien hell auf die runden Kuppen der Eifelberge. Auf dem Hochsimmer lag etwas Schnee und glitzerte wie lauter Diamanten. Der Orgelpeter, wie er noch immer genannt ward, obgleich er seine Orgel nicht mehr spielte, saß am Rande des Weges und betrachtete aufmerksam ein Spielzeug, das er in seinen krummen Fingern hielt. Es war ein großer Kreisel, dem aber die Spitze fehlte. Er murmelte allerhand verdrießliche Worte in sich hinein und merkte gar nicht, daß jemand vor ihm stand, bis er angeredet ward. Da fuhr er erschreckt auf und riß seine Kappe vom Kopfe, denn es war der Herr Landrat, welcher ihn eben begrüßt hatte.

»Nun, Peter, wie geht es dir?« fragte er. Der Angeredete sank auf seinen Sitz zurück und stöhnte: »Wie soll's gehen? Schlecht geht's, Herr Landrat; ich geh' oft hungrig zu Bett, denn die Heiligen sind mir bös; ich weiß aber nit warum!«

»Haben sie dir deine Orgel noch nicht gegeben?« fragte der Landrat mit leichtem Lächeln, und Peter »Die krieg' ich auch nimmer, Herr Landrat. Das weiß ich schon, und ich muß mich drein finden. Aber weil der Fridolin sich so närrisch aufs Christkind freut, wollt' ich was für ihn betteln, denn der Junge ist gut zu mir. Ich krieg' auch allerhand Gerumpel, aber die Hose, Herr Landrat, die Hose! Das ist eine üble Sach', denn kein Mensch hat mir noch eine geschenkt!«

Peter war ganz eifrig geworden, man merkte ihm an, daß die Sache ihm Sorge machte, und der Landrat sah ihn wieder lächelnd an. »Nun, quäle dich nicht allzusehr,« meinte er, »wer weiß, was das Christkindchen tut!« Er ging, und Peter sah ihm kopfschüttelnd nach. »Der tut auch, als ob das Christkind alles könnte!« murmelte er, und dann humpelte er der Stadt zu.

So kam das Weihnachtsfest heran. In vielen Häusern wurden Kuchen gebacken, und Peter empfand die Mildtätigkeit der Menschen, denn er bekam mancherlei Nützliches für Fridolin geschenkt. Eine Hose aber war nicht darunter, und daher haderte Peter ziemlich unverhohlen mit dem Christkinde, als er ein ganzes Paket voller Sachen zu Fridolins Mutter brachte.

»Du hättest gern an die Bux denken können!« murmelte er, als er die dunkle Treppe hinabstieg. »Aber ich weiß schon: mir tut kein Mensch im Himmel einen Gefallen – bin wohl zu elend und zu lahm! Na, es muß sich alles helfen!«

Dieser letzte Satz war Peters Trostspruch geworden. Er brauchte ihn bei allen Gelegenheiten und wollte ihn auch Fridolins Mutter sagen. Diese aber ließ ihn gar nicht zu Worte kommen, denn sie war so überrascht über die Kreisel, Peitschen, Bilderbücher und Holzpferdchen, welche Peter bei sich aufgespeichert hatte, daß sie in Tränen ausbrach und seine Entschuldigung über die fehlende Hose gar nicht hörte. Peter aber wurde ganz verdrießlich und ging brummend aus die Straße.

In der Kirche läuteten die Glocken, denn es war Christabend. Der Schnee knarrte unter den groben Stiefeln des Orgelpeters, der langsam zu der evangelischen Kapelle schlich. Fridolin hatte ihm gesagt, daß dort ein Weihnachtsbaum brenne, und den wollte er doch gern einmal sehen. So war es denn auch: aus den schmalen Kirchenfenstern leuchteten viele Lichter in die Dunkelheit hinaus, und die Orgel spielte eine volle, kräftige Melodie. Da war es dem Peter ganz andächtig zumute, und er vergaß, daß er eben noch mit dem Christkinde unzufrieden gewesen. Fridolin hatte schon früher vor der Kirche gestanden, jetzt stellte er sich neben Peter und sprach: »Siehst du, Peterchen, jetzt kommt das Christkind vom Himmel!« – Peter sah starr in den Lichtschein. »Warum kommt es aber zuerst zu den Evangelischen?« fragte er mißtrauisch; doch Fridolin lachte.

»Das Christkind kommt überall auf einmal hin, zu allen Menschen. Es kommt auch zu dir. Peterchen!«

Aber Peter schüttelte den Kopf. »Zu mir ist's noch nimmer gekommen, Bub'; noch nimmer. Weißt wohl nit, wo ich wohn'!« Und er seufzte unwillkürlich.

So saßen denn die beiden eine Zeitlang zusammen auf einem Eckstein und sahen in die Lichter des Christbaumes. Nach einer Weile jedoch erloschen sie, auch die Musik verklang, und alles ward still und dunkel. Da lief Fridolin davon. Er hatte seiner Mutter heute morgen ein Weißbrot kaufen müssen, und er sehnte sich, es zu probieren. Peter folgte ihm langsam und leise stöhnend. Der Wind blies kalt um die Straßenecken und prickelte seine lahmen Glieder wie mit tausend Nadelstichen. Als er bei den vielen erleuchteten Fenstern vorüberkam, seufzte er kummervoll: »Christkindchen, Christkindchen, warum bist du doch kein einzigmal zu mir gekommen? Schau her, ich bin zwar alt und tauge nit viel, aber einmal hättest du doch kommen können; bloß einmal, Christkindchen!«

Aber es schien, als ob das Christkind taub geworden; es antwortete wenigstens nicht auf Peters Anrede, und dieser kroch langsam die Stufen zu seiner Kammer hinauf. – Von unten her hörte er Fridolin lachen und jubeln. Der schien mit dem Christkind zufrieden, obgleich sein Herzenswunsch, die neue Hose, nicht erfüllt war.

Oben vor Peters Tür war es ganz dunkel; langsam öffnete er die Kammertür. Plötzlich blieb er wie erstarrt stehen. Ein großes Wachslicht brannte in seinem Stübchen, und mitten darin stand eine neue, große Drehorgel. Sie war blank poliert und hatte blanke Griffe, ein Gestell und eine große Kurbel. Obenauf lag ein Brief, aber Peter hatte nie lesen gelernt, und es war ihm auch einerlei, was in demselben stand. Langsam, mit aufgehaltenem Atem schlich er näher, seine Augen wurden immer größer, als er nach der Kurbel griff und versuchte, diese vorsichtig zu drehen. Aber als der erste kräftige Ton eines Volksliedes durch sein Kämmerlein drang, da fiel er auf die Knie und schluchzte laut.

»Ach, du liebes Christkindchen, bist du doch zu mir altem Mann gekommen! Nimmer, nimmer kann ich dir genug danken!«

Er weinte noch, als Fridolin plötzlich vor ihm stand. Des Knaben Wangen waren hoch gerötet vor Aufregung.

»Peterchen!« rief er. »Siehst du wohl, daß das Christkind zu dir gekommen ist! Und mir hat's so viel, so viel gebracht! Heute abend hat's der Mutter noch einen neuen Anzug für mich geschickt, und kein Mensch weiß, wer ihn abgegeben! Peterchen, Peterchen, bist du aber nit froh?«

Peter aber war noch immer wortlos. Er ließ sich zwar später von Fridolin vorlesen, daß viele gute Menschen gesammelt hätten, um ihm eine neue Orgel zu kaufen, aber er hörte nur halb hin. Noch spät in der Nacht, als alles zur Ruhe gegangen, stand er an seinem kleinen Fensterchen und sah in den schwarzblauen Himmel, an dem vieltausend Sterne funkelten.

»Christkindchen!« sagte er endlich wieder, »sei mir nit bös, wenn ich früher nit so recht an dich glaubte. Jetzt weiß ich, daß du besser bist als alle Heiligen! Ich aber will nimmermehr an dir zweifeln!« –

So hatte denn Peter eine neue Orgel, und wenn er es auch nicht verstand, den Leuten, welche sie ihm gekauft, so recht von Herzen zu danken – er meinte nämlich, es sei genug, dem Christkinde dankbar zu sein –, so freuten sich doch alle über seine große Glückseligkeit. Jeder wollte gern die neue Orgel hören, und der Orgelpeter verdiente manchen Groschen, so daß er sich bald einen neuen, warmen Kittel kaufen konnte und auch nicht mehr hungrig zu Bette ging. So kam er denn allmählich in eine ganz friedliche, fröhliche Stimmung, war niemals mehr verdrießlich und ließ sich vieles von Fridolin erzählen, der sehr fleißig zur Schule ging und dabei doch noch Zeit fand, dem Peter Gesellschaft zu leisten.

So verging der Winter, und der Sommer kam wieder. Der tat dem Orgelpeter gut, denn obgleich die Orgel ihn ausreichend ernährte, so wurden seine alten Beine immer schwächer, und er konnte oft nicht warm werden, selbst im warmen Sonnenschein. Aber er klagte niemals mehr; oft saß er ganz still vor seiner neuen, schönen Orgel und streichelte sie leise, oder er hatte die Hände gefaltet und sah in den blauen Himmel. So kam der Herbst und die Novemberstürme, und Fridolin hatte den Kopf wieder voll von Wünschen fürs Christkind. Er war eigentlich unbescheiden geworden und wünschte sich jetzt ganz unverfroren einen neuen Anzug. Peter sagte nichts dazu; er war immer einsilbiger geworden, und es schien, als wenn seine Gedanken nicht bei dem weilten, was der Kleine sprach. Aber als Fridolin ihn dringend fragte, ob er sich dieses Jahr denn gar nichts vom Christkinde wünschte, lächelte der alte Mann geheimnisvoll.

»Doch, Bub!« sagte er, die vor Gicht krummen Finger reibend. »Ich wünsch mir schon was, und es ist ganz was Extras, aber ich sag's keinem Menschen – auch dir nit!« Und so mußte Fridolin zu seinem Entsetzen und Erstaunen bemerken, daß der Orgelpeter vor ihm ein Geheimnis hatte. Er quälte sich erst förmlich darum, denn er fand das Benehmen Peters unbegreiflich, dann aber vergaß er es über der Vorfreude auf Weihnachten. – Peter war dieses Jahr gang geschäftig. Er kaufte für seinen kleinen Freund Schiefertafel und Griffelkasten, ein Bilderbuch und eine warme Pelzmütze; aber er selbst ward immer wortkarger. Wenn er in der Stadt seine Orgel spielte, vergaß er sogar manchmal, hinterher sein Geld einzusammeln, und es schien ihm oft ganz einerlei zu sein, ob er einige Groschen mehr oder weniger einnahm. In den letzten acht Tagen vor Weihnacht ging er gar nicht mehr aus, spielte die Orgel für sich ganz allein auf seinem Stübchen, und oft schlief er dabei ein.

Fridolin hatte in dieser Zeit wenig Gedanken für den Orgelpeter, denn er freute sich so unendlich auf das Christkind, daß er alles andere darüber vergaß. Als aber der Christabend kam, bestürmte er Peter mit Bitten, er möge doch wieder mit ihm den Christbaum in der evangelischen Kirche sehen und das Läuten der Glocken hören. Aber Peter schüttelte den Kopf.

»Diesmal nit, Bub!« sagte er. »Ich muß hierbleiben in meinem Kämmerlein, ich darf nit ausgehen!«

»Weshalb nit?« fragte Fridolin, und der alte Mann sah ihn wieder mit einem geheimnisvollen Lächeln an. »Ich muß sehen, ob das Christkindchen mir mein großes Bitten erfüllt.«

»Was hast du es denn gebeten, Peter? sag es doch!« rief der Knabe fast ungeduldig.

Der Orgelpeter lächelte wieder, setzte sich auf die Holzbank und lehnte den Kopf an seine Orgel. »Weißt,« sagte er leise, »ich wollt's dir eigentlich erst hinterher sagen, aber vielleicht schadet's auch nix, wenn ich vorher davon sprech': Ich hab das Christkindchen gebeten, einmal zu mir in mein Kämmerlein zu kommen. Ich wollt's so gern mal genau anschauen,« setzte er in einem halb entschuldigenden Tone hinzu, »und ich mein', es tut mir schon den Gefallen. Ist ja so gut im vorigen Jahr zu mir gewesen, es wird auch diesmal mir seine Gnad' nit versagen!« Er hielt inne und sah Fridolin an. Dieser aber vermochte vor Erstaunen nichts zu sagen. Dann fuhr Peter bewegt fort: »Ich hab ihm so viel zu sagen. Denn ich bin früher ein böser Kerl gewesen und hab mir nit viel aus der Kirche und den Heiligen gemacht. Da wollt ich denn das Christkind bitten, ein gutes Wort für mich einzulegen – –«

Peter schwieg still. Er hatte mehr gesprochen, als seit langer Zeit – jetzt schien er müde zu sein, denn er schloß die Augen. Fridolin aber ging auf den Zehenspitzen aus der Stube und die Treppe hinunter, und erst als er auf der Straße war, dachte er an den Weihnachtsbaum und das Glockengeläut. Dann, als er wieder wie im vorigen Jahr auf einem Prellstein stand und in den Lichterbaum sah, blickte er halb ängstlich um sich, als wenn das Christkind dicht hinter ihm stände. Aber es war alles wie sonst, und als er endlich halberstarrt nach Hause kam, fand er die Gaben des himmlischen Kindes in so reichem Maße vor, daß er alles vergaß, auch seinen Freund, den Orgelpeter, obgleich dieser ihm doch das meiste gegeben hatte. – Endlich lief er nach oben, mit lauter Stimme nach Peter rufend. Dieser aber antwortete gar nicht, und in seinem Stübchen war alles dunkel. Erst als die Mutter mit Licht kam, sahen sie den alten Mann ruhig und mit gefalteten Händen vor seiner Orgel sitzen. Er hatte ein friedliches Lächeln auf den Lippen und sah so glücklich aus, als sei ihm etwas ganz besonders Schönes passiert. Aber er konnte niemals erzählen, was es gewesen, denn er war ganz leise und sanft gestorben.

Als Fridolin denselben Abend sich auf sein kleines Lager legte, bedachte er sich erst einen Augenblick und faltete dann die Hände. »Liebes Christkind,« sagte er, »ich danke dir vielmals, daß du den Peter besucht und gleich mitgenommen hast. Ich meinte auch, daß ich was Goldiges durch die Luft fliegen sah, als ich nach Hause kam – das bist du natürlich gewesen. Ich danke dir auch, daß du die Orgel hier gelassen hast, denn ich will gern auf ihr spielen; aber bitte, mach, daß die Engel dem Peter einmal ihre Orgel leihen, damit er doch auch noch Musik machen kann. Und dann wollte ich dich bitten –« Aber hier fielen dem Fridolin die Augen zu, und er schlief sanft und tief ein. – In der Ferne aber läuteten die Weihnachtsglocken.

Schiffer Linns Erbschaft.

Vor einiger Zeit hatte ich für abwesende Freunde mehrere Geschäfte in der Sparkasse der großen Stadt, und da diese Geschäfte schwer zu erledigen waren, ich auch öfters warten mußte, so fand ich genügend Gelegenheit, mich umzusehen. Es ist gar kein schlechter Platz, Menschen zu studieren. Da kommt ein armer Postbote und legt fünf Mark zu seinen Ersparnissen; hier steht eine Lehrerin und hat sich zwanzig Mark erübrigt; ein Junge bringt zwei Mark und sieht sich stolz um, ob man ihm auch ansieht, wie reich er ist. Dies alles ist auf der einen Seite, wo die Einlagen gemacht werden; an der andern bekommt man sein Geld wieder ausbezahlt, und auch hier drängen sich die Menschen. Von dem armen, kranken Mann, dem man es ansieht, daß er mit des Lebens Not zu kämpfen hat, bis zu dem aufgeschwemmten Gesicht des Trinkenboldes, der mit weinerlicher Stimme sein letztes Geld fordert und sein Kassenbuch abgeben muß, sind die verschiedenartigsten Leute vertreten, und mancher könnte wohl eine Geschichte erzählen von dem, was er schon erlebt. – Ganz wunderbar aber war die alte Frau, welche, wie die Beamten sagten, jeden letzten Tag im Monat ihre Einlagen machte. Sie mußte gegen achtzig Jahr alt sein, hatte ein verwittertes Gesicht, schneeweiße Haare und war so zerlumpt, daß alle andern ihr scheu auswichen. Gewöhnlich saß sie in der Eingangshalle, ein rotes Taschentuch aus dem Schoße, und wartete geduldig, bis die Reihe an sie kam, dann stand sie auf, legte eine Handvoll Geld auf die Zahlbank, empfing ihr Buch und entfernte sich schnell. – Schon öfters hatte ich die Alte gesehen, auch bemerkt, daß sie zehn, zwanzig, ja dreißig Mark in die Sparkasse brachte, und unwillkürlich darüber nachgedacht, ob sie dies Geld für sich oder für jemand anders einzahle; kein Mensch aber konnte mir Auskunft geben, denn die Kassenbeamten waren schweigsam und durften auch wohl nichts sagen, sonst aber schien niemand sie zu kennen. Aber es war mir doch erstaunlich, an einem Regentage plötzlich von einer Frau angebettelt zu werden, welche derjenigen, welche ich in der Sparkasse gesehen, überraschend ähnlich war. Sie jammerte laut, daß sie kein Geld habe, um Brot zu kaufen, und daß sie neunzig Jahre alt sei. Wir alle, die wir um sie herumstanden, gaben ihr Geld, und sie murmelte einige Segenswünsche. Ich konnte mich aber nicht enthalten, sie zu fragen, ob sie nicht Geld in der Sparkasse habe, worauf sie mich starr ansah und dann in jammervolle Beteuerungen ausbrach, daß sie gar nicht wisse, was eine Sparkasse sei. – Ich hatte sie aber jetzt erkannt und ging mit dem unangenehmen Gefühl heim, wieder einmal einer Unwürdigen Geld gegeben zu haben. – Dann verging einige Zeit. In die Sparkasse kam ich schon lange nicht mehr, und als ich eines Tages doch in dem großen Raume stand, war es, um einen Bekannten abzuholen. Es war der Erste des Monats, ein Tag, wo fast keine Einlagen gemacht werden, und nur an der Auszahlungskasse standen einige Knaben, die sich wohl ihre Ersparnisse holen wollten. Da trat ein Mann in die Halle. Er war groß und sonnenverbrannt und wie ein Schiffer gekleidet. In der Hand trug er ein schmutziges Sparkassenbuch, und fragend blicke er sich um, als wisse er sich nicht recht zu benehmen. Müßig saß ich auf einer der Bänke, und auf mich kam er zu. »Ich hab was gefunden!« sagte er halblaut und unruhig, »gestern abend, als ich nach Hause wollte. Es war in Papier eingewickelt, und die Leute hatten darauf getreten.« Er reichte mir das Buch hin, und ich sah, daß es auf den Namen von Katharine Linn lautete. »Es ist viel Geld darin aufgezeichnet!« fuhr er fort, »viel Geld; und ich kann's doch eigentlich nicht begreifen, gar nicht begreifen!«

Während er sprach, hatte ich in dem Buch geblättert und gesehen, daß es auf elftausendsiebenhundertundfünfzig Mark lautete. Es war seit Jahren in kleineren und größeren Summen hingetragen und die Zinsen immer dazugeschrieben worden.

»Sie müssen das Buch hier abgeben!« bemerkte ich, und der Schiffer nickte.

»Das hat mir mein Freund, der Steuermann auf der ›Johanna‹, auch gesagt. Aber es ist doch eine sonderbare Geschichte: ich heiße nämlich auch Linn und habe eine Tante gehabt, die Katharine hieß und hier wohnte. Früher habe ich ihr Geld geschickt, weil sie mir immer sagen ließ, sie verhungerte bald; nun aber hörte ich lange nichts von ihr, und die Leute, wo sie gewohnt, sagten, sie sei umgezogen und bald darauf gestorben. Ich bin nämlich zehn Jahre in Südamerika gewesen –« setzte er erklärend hinzu, »und erst seit ein paar Monaten hier!« Einer der Jungens, die am Auszahlungsschalter gestanden und nun ihr Geld erhalten hatten, stand plötzlich neben uns.

»Ich kenne Katharine Linn ganz gut!« sagte er. »Sie bettelt und ist furchtbar arm. Sie wohnt in unserer Straße, und die Jungens necken sie, weil sie so sonderbar ist!«

»Dann führe den Mann zu ihr!« riet ich, und der Knabe nickte eifrig. Nachdem der Schiffer Linn also das Buch bei der Kasse eingeliefert hatte, ging er mit seinem Führer davon. Seine Miene war finster und unfreundlich geworden, und wie ich ihn schwerfällig davongehen sah, dachte ich unwillkürlich, er schiene auch kein besonders netter Mann zu sein. Denn so beschränkt sind wir Menschen nun einmal, daß wir ein hübsches, freundliches Gesicht lieber sehen mögen als ein düsteres, dem das Leben seinen ernsthaften Stempel aufdrückte. –

Am Abend desselbigen Tages erhielt ich in meinem eigenen Hause Besuch von dem Schiffer Linn. Er sagte mir gar nicht, wie er meine Adresse erfahren, sondern er ging geradeswegs auf mich zu und sah mich starr an. »Ich wollte Ihnen nur sagen,« begann er in seiner schwerfälligen Weise, »das war meine Tante, und sie hat sich all das Geld zusammengebettelt!«

Ich mußte an die alte Frau denken, welche ich in der Sparkasse gesehen, und die dann mit großer Übung gebettelt hatte. Er ließ mich aber nicht zu Worte kommen.

»Der Junge hatte recht,« fuhr er fort, »sie wohnte in einem alten, schmutzigen Hause in der Pelzstraße, im obersten Stock, in einem dunkeln Loch, zwischen Lumpen und Schmutz!«

»Da sorgen Sie jetzt dafür, daß sie das aufgesparte Geld für sich verwendet!« sagte ich, und der Schiffer zog die Brauen zusammen. »Als ich kam, war's zu spät. Sie hatte ja am Abend das Buch verloren, und die Leute unter ihr hörten sie eine Zeitlang jammern und stöhnen. Nachher war's still – da hatte sie sich aufgehängt – alles um das elende Buch, das ihr gar keinen Nutzen brachte; und als ich die Tür aufbrechen ließ, war sie lange tot!« – »Erhängt!« murmelte ich entsetzt, und er nickte. »Ja, mausetot hat sie sich gemacht, nur, weil sie glaubte, sie hätte kein Geld mehr. Und die Leute sagen, das Geld wäre noch nicht verloren gewesen; sie hätte nur gestehen müssen, daß sie soviel tausend Mark besessen. Ich weiß nichts davon, aber nun sagen die Menschen auch noch, daß ich das Geld jetzt erbe. Du liebe Zeit! Elftausendsiebenhundert Mark, und in einem Strumpf noch siebzig Mark! Und sattgegessen hat sie sich nie; jedes Stück Brot, das sie geschenkt bekommen, wieder verkauft, an den Mann, der Handel mit Bettelbrot treibt. Einundachtzig Jahre alt ist sie geworden, und seit vierzig Jahren hat sie gespart!«

»Sie müssen besseren Gebrauch von dem Gelde machen!« sagte ich, und er sah mich erstaunt an.

»Ich? Meinen Sie, daß ich's nehme? das Geld, wofür meine Tante gelogen und gebettelt hat? Ich hab nicht viel Geld übergespart bei der Schifferei, und elftausend Mark könnten mir schon passen – aber nein!« Er schüttelte heftig den Kopf.

»Wollen Sie das Geld der Sparkasse schenken?« rief ich, und er nickte gleichgültig. »Meinetwegen! Mein Freund, der Steuermann von der ›Johanna‹, sagt, ich soll mir ein kleines Schiff für die Erbschaft kaufen und selbständig werden! Aber ich tu's nicht, das Schiff würde auf der ersten Fahrt untergehen!«

»Der Sparkasse würde ich das Geld aber doch nicht geben,« bemerkte ich. »Sie ist reich genug; geben Sie es dann doch den Armen!« Er fuhr sich mit der Hand übers Gesicht und seufzte.

»Ja, das ist wahr – den Armen könnte man's geben! Aber welchen? Meine Tante hat auch getan, als wenn sie arm wäre, und dann hatte sie viel Geld! Wenn ich's nun den verlogenen Menschen gebe, die es gar nicht verdienen?«

»Das wird man schon herausfinden!« tröstete ich; er aber sah mich zweifelnd an.

»Nun, wir wollen sehen! Eins aber sage ich: Geld macht viele Sorgen!« – Mit diesen Worten ging er, und als ich nachher in der Zeitung einen langen Bericht über Katharine Linns Sparkassenbuch, über ihre Armut und den »glücklichen Erben«, den Schiffer Matthias Linn, las, dachte ich, er würde sich wohl besinnen und das Geld jedenfalls behalten.

Und dann machte ich einmal auf der »Johanna«, einem kleinen schmucken Dampfer, eine Wasserfahrt. Ich stand schon eine Zeitlang neben dem Steuermann, ehe mir einfiel, daß ich schon früher von ihm gehört. Dann aber fragte ich ihn nach dem Schiffer Linn. Der Angeredete warf mir einen schnellen Blick zu und antwortete erst nach längerer Zeit.

»Das ist ein verrückter Kerl!« brummte er. »Hat 'ne Mütze voll Geld geerbt und will sie nicht haben. Der Dummbart konnte nicht 'mal schlafen, als er reich geworden. Und nannte seine Erbschaft immer das Lügengeld. Und was das beste dabei ist: er selbst hat nur zweihundert Mark aufgespart, mit denen er nichts anfangen kann. Aber er fährt lieber als Bootsmann auf'm Kohlenschiff, als daß er von dem Gelde nimmt, das ihm rechtmäßig zukommt! Dummer Kerl!« – Und der Steuermann von der »Johanna« wandte sich verächtlich von mir ab, als wenn ich ebenso »verrückt« gewesen, wie sein Freund. Seit diesem Tage suchte ich nach Matthias Linn, um von ihm das nähere über seine Erbschaft zu erfahren, konnte ihn aber lange nicht finden, bis ich ihm eines Tages begegnete. Er kam von der Sparkasse, trug ein nagelneues Sparbuch in der Hand und sah zufrieden aus. Als ich ihn grüßte, blieb er stehen und nickte mir zu. »Für meine alten Tage!« sagte er wie entschuldigend und wies auf das Buch. »Ich muß doch einen Notschilling haben, damit ich nicht an die Armenkasse falle!«

»Wo ist denn Ihre Erbschaft?« fragte ich, und er lachte.

»Ja, das alte Geld hat mir ordentlich Kopfschmerzen gemacht, bis ich's glücklich wieder los wurde. Denn die Leute wollten ja nicht glauben, daß ich alles hergab und sagten, ich sei ein dummer Kerl, der dümmste auf der Welt. Es mag ja auch wahr sein, daß ich in solchen Dingen eigener bin als die meisten andern Menschen; aber ich kann nichts dabei machen. Ich hab allerhand erlebt, was mich ernsthaft gemacht, und wenn ich auch nicht gelehrt reden kann, so weiß ich doch, was in der Bibel steht. Unser Herr Jesus hat gesagt, wir sollten uns keine Schätze sammeln, die von Motten und Rost gefressen werden, und Sie müssen doch selbst sagen, daß Tante Katharinens Geld schon vom Rost angefressen war. Es fällt mir nicht ein, mir einzubilden, daß ich einen Schatz im Himmel gesammelt, weil ich das Lügengeld fortgab, aber ich konnte nicht anders handeln. Ich bin wieder vergnügt geworden und habe meine gute Gesundheit zum Arbeiten!«

»Wem haben Sie denn das Geld gegeben?« fragte, ich, und Matthias Linn wurde ganz verlegen. -»Ich hab's einem Pastor gegeben, und mit diesem bin ich nachher rundgegangen in der Stadt. Er war ein verständiger Mann, und als er merkte, daß ich das Geld in der Stille verteilen und nicht großartig in die Zeitungen kommen wollte, hat er mir geholfen. Da war ein blinder, alter Mann, der auch noch gelähmte Hände hatte - der ist in ein Stift eingekauft, und nun braucht er nicht mehr zu hungern. Und dann fiel ein Maurer vom Gerüst und war gleich tot. Da hab ich für die Frau und die sechs Kinder etwas ausgesetzt und dann -« Matthias Linn stockte und fuhr sich, seiner Gewohnheit gemäß, mit der Hand übers Gesicht.

»Lieber Gott, elftausendsiebenhundert Mark ist eigentlich gar nichts. Es lief mir durch die Finger wie Wasser, und mit einem Male war's fort. Und die alte Tante hatte jahrelang daran herumgespart, dafür gehungert, dafür gelogen, und in acht Tagen war ich damit fertig! Mein Pastor und ich mußten beide lachen, als wir die Tausende glücklich durchgebracht hatten; hier ein bißchen, dort ein bißchen, und er meinte, ich hätte ihm ein Vergnügen gemacht, wie er es noch niemals gekostet. Aber ich war auch selbst nicht wenig vergnügt, kann ich Ihnen sagen, obgleich ich mit meinem Freunde, dem Steuermann von der ›Johanna‹, etwas auseinandergekommen bin, weil er erklärt hat, ich wäre zu dumm, und er könnte nicht mehr mit mir verkehren. Na, das muß seinen Willen haben, und da ich eine gute Stelle auf dem englischen Kohlendampfer gefunden habe, entbehre ich seine Gesellschaft auch nicht sehr. - Nun leben Sie wohl, und vielen Dank, daß Sie mir so still zugehört haben!«

Langsamen Schrittes ging Matthias Linn davon. Er war schlecht gekleidet; sein Gesicht sah ebenso unfreundlich aus wie sonst, und jeder, der ihm begegnet, mußte ihn für einen sehr groben Gesellen halten. Kein Mensch achtete auf ihn, wie er schwerfällig über die Straße schritt - kein Mensch außer mir blickte ihm nach. Was wäre auch an ihm zu sehen gewesen? Wie oft sieht man nicht einen gewöhnlichen Schiffer? Und dieser war noch dazu dumm gewesen, so dumm, daß sein bester Freund sich von ihm gewandt, so dumm, daß er für diese Welt gar nicht taugte. Noch heutigen Tages fährt Matthias Linn auf dem englischen Kohlendampfer. Der liebe Gott hat ihm zur Belohnung für seine seltene Tat nicht reich, nicht klug, nicht gebildet gemacht; er ist ganz dasselbe, was er früher gewesen:

ein einfacher Bootsmann, um den sich niemand kümmert, der einsam lebt, und der vielleicht auch einsam sterben wird. – Und doch glaube ich, daß es viele Leute gibt, die an dem Tage, wo Christus wiederkommen wird, an seiner Stelle sein möchten!

Die Rückkehr der Waldenser.

(August, September 1689.)

Es war im dreizehnten Jahrhundert, daß sich um den reichen Kaufmann Peter Waldus in Lyon ein Häuflein Menschen scharte, welche vom Lichte des reinen Evangeliums sich erleuchten lassen wollten. Es sah damals finster in der Welt aus; schwer lag die Hand der katholischen Kirche auf den Ländern, und mit harten Strafen bedrohten ihre Priester diejenigen, welche selbst forschen wollten in der Heiligen Schrift. Aber gerade in dieser Zeit, wo noch die wenigsten Menschen lesen konnten, wo es keine gedruckten Bücher gab, wo die lateinische Messe dem Volke Unverständliches sagte, und wo Tausende von dem lebendigen Gott und seinem Sohne Jesu Christo nur einen unklaren Begriff hatten und von den Heilswahrheiten nur soviel wußten, wie der katholische Priester für gut fand, ihnen mitzuteilen – gerade in dieser Zeit kam in die Herzen vieler eine unbeschreibliche Sehnsucht nach dem Licht, welches in der Finsternis leuchtet. Und jene Sehnsucht wurde immer stärker, je weniger dieselbe befriedigt werden konnte – je größer die Gefahren wurden, die der suchenden Seele sich entgegenstellten. Seit ihrem Bestehen haben die Waldenser Gemeinden mit Not und Gefahr, mit Kummer und Elend, mit Hunger und Armut zu kämpfen gehabt; seitdem Peter Waldus vor sechshundert Jahren sein Haupt zur Ruhe gelegt, ist durch Jahrhunderte hindurch der Name Waldenser eine Schmach und Schande vor der Welt gewesen; sie sind verfolgt, getötet, verspottet, der größten und gröbsten Sünden beschuldigt worden, und alles nur, weil sie an das reine Evangelium glaubten, nichts von den Heiligen, nichts von der Ohrenbeichte, nichts von dem Ablaß der katholischen Kirche wissen wollten. Statt in die Kirche zu gehen und für einige Groschen Ablaß für alle Sünden zu erstehen, schlichen sie bei Nacht in ein entlegenes Häuschen, in eine Berghöhle oder in ein einsames Tal, und dort lauschten sie ihrem Prediger, der ihnen in ihrer eigenen Muttersprache das Evangelium auslegte und erklärte. Aber sie wurden verfolgt, ihrer Güter beraubt und als Ketzer verbrannt oder lebenslänglich eingekerkert. Die Geschichte Südfrankreichs ist im Mittelalter eine düstere; die Seiten aber, welche von den Religionsverfolgungen handeln, sind am meisten mit Blut befleckt. – Die Waldenser lebten fortgesetzt unter einem Bann. Manchmal konnten zehn Jahre vergehen, ohne daß sie verfolgt wurden, dann aber erregten sie die Aufmerksamkeit eines katholischen Bischofs oder eines beutegierigen Fürsten, und sie wurden so lange verfolgt, bis sie anscheinend alle getötet, ausgeraubt oder eingekerkert waren. – Aber das Licht des Evangeliums leuchtete weiter in der Finsternis. Immer wieder tauchten die Waldenser auf – in Südfrankreich, an den Ufern des Mittelmeeres und in den Tälern der Alpen, wo sie unbemerkt ein stilles Dasein führen konnten. – In den kottischen Alpen, westlich von Turin, hatten sie im sechzehnten Jahrhundert ein schönes, friedliches Heim gegründet. Es war um die Zeit, da Luthers Lehre in ganz Europa einen mächtigen Widerhall fand; Männer wie Calvin und Zwingli hatten in Frankreich und der Schweiz das Licht des Evangeliums verbreitet; überall regte es sich in den Gemütern, die nach den Wassern des Lebens dürsteten, und die katholische Kirche, deren festgefügtes Mauerwerk ins Schwanken kam, sah eine Weile ratlos und untätig zu, wie Tausende von ihrem toten Heiligendienst, ihren lateinischen Messen sich lossagten, um die Lehre von der Erlösung durch Christum an der frischen Quelle selbst zu trinken. Sie ließ es geschehen, daß die Waldenser in der Synode zu Agrogna im Jahre 1532 der Reformation sich anschlossen; sie duldete schweigend die Ausbreitung des evangelischen Glaubens in den stillen Tälern Savoyens, aber sobald sie glaubte, stark genug zu sein, gegen die gehaßten Waldenser einen vernichtenden Schlag führen zu können, ergriff sie die Gelegenheit. In der Mitte des siebzehnten Jahrhunderts hatten die französisch-deutschen Kriege die rechtmäßigen Herrscher aus dem Hause Savoyen vertrieben. Im Frieden von *Château Cambresis* 1659 erhielt der Herzog von Savoyen von Frankreich sein Land unter der Bedingung zurück, daß der Protestantismus gänzlich darin ausgerottet werde. Diese Bedingung war dem Einfluß der katholischen Priester bei Ludwig XIV. zu verdanken, und jetzt kam die Zeit, wo französische und savoyische Generale sich an Grausamkeiten gegen die unglücklichen Waldenser überboten. Alle Gottesdienste wurden von Soldaten gestört, die Teilnehmer mißhandelt und zu Tode gequält, kurz, es geschahen damals solche Schandtaten in den stillen Tälern der herrlichen Alpen, daß England, Holland, die Schweiz Protest bei dem Herzog von Savoyen einlegten. Der König von Schweden schrieb einen eigenhändigen Brief an den grausamen, von katholischen Priestern aufgestachelten Fürsten, und der große Kurfürst von Brandenburg lud die Waldenser ein, in sein Land zu kommen. Selbst Ludwig XIV. von Frankreich schrieb dem Herzog, er solle die Grausamkeiten einstellen; aber diese milde Stimmung des allerkatholischsten Königs dauerte nur so lange, als er noch nicht gänzlich unter dem Einflusse der Priester stand. Im Jahre 1685 hob er das Edikt von Nantes auf, das den Reformierten freie Religionsübung in Frankreich gestattete, und dann forderte der französische König den jungen Herzog von Savoyen, Viktor Amadeus, auf, sein Land von der »Pest« des Protestantismus zu reinigen. Als dieser zögerte, erklärte Ludwig, er werde mit 14 000 Mann die Waldenser austreiben, dann aber auch ihr Land für sich behalten. Der Herzog hatte natürlich keine Lust, die schöne Provinz zu verlieren und erließ am 30. Januar 1686 die Verfügung, daß bei Todesstrafe jeder ketzerische Gottesdienst verboten sei; alle Kirchen sollten zerstört, die Prediger und Lehrer verbannt, alle Waldenser Kinder von der römischen Kirche getauft und erzogen werden. Verzweiflungsvoll versuchten die Protestanten, sich der Soldaten zu erwehren, welche jetzt einrückten, das grausame Gesetz durchzuführen. Einem Heere von 10 000 Franzosen und 2500 Piemontesen gelang es, in wenigen Monaten unter den Unglücklichen aufzuräumen: 14 000 Gefangene wurden in dreizehn Gefängnissen des Reiches verteilt, 2000 Kinder in Klöster untergebracht, und das Land der Waldenser, von ihnen seit fünfzig Jahren bebaut, ward den Katholiken gegeben. Nur ein Häuflein kühner Männer blieb im hohen Gebirge zurück und konnte nicht zur Waffenniederlegung gezwungen werden. Wenn die Truppen in engen Pässen marschierten, erschienen die Waldenser am Rande der Berge, Felsblöcke und Kugeln herunterschleudernd, Schrecken und Angst unter den Soldaten verbreitend. Da man sie nicht gefangennehmen konnte, bot die Regierung ihnen an, frei auszuwandern; aber sie lehnten ab und erklärten, nur dann fortziehen zu wollen, wenn man ihren gefangenen Glaubensgenossen die Freiheit geben und ihnen erlauben wollte, mit aus dem Lande zu wandern. Der Herzog, dem die Grausamkeiten selbst zuwider geworden, gab seine Einwilligung und drängte zur Eile, um die unbequemen Ketzer loszuwerden. Mitten im Winter wurden die Gefängnisse geöffnet, und selbst die, welche von der Haft schwach und krank geworden, oder von Ungeziefer fast zerfressen waren, wurden gezwungen, im Schnee über die Hochalpen, den Mont Cenis, zu gehen. Die Kinder wurden zurückbehalten, die Erwachsenen mußten fort. Jetzt geht der Eisenbahntunnel durch den Mont Cenis, damals um Weihnacht 1686 erfroren Tausende auf den Gletschern und unter den Lawinen. 14 000 Waldenser hatte man noch in den Kerkern gezählt; in Genf, der Stadt, welche den Glaubensgenossen ein Heim geboten, fanden sich nur 2810, – und diese mit erfrorenen Händen und Füßen. Als die Genfer ihre jammervollen Gäste sahen, brachen sie in lautes Weinen aus; die Waldenser aber hatten keine Tränen mehr. – Weiter mußten sie sich trennen, denn Genf allein konnte die gänzlich mittellosen Unglücklichen nicht ernähren; andere Schweizerstädte, auch Holland, Kurbrandenburg, Hessen, boten den Vertriebenen ein Heim, das angenommen ward, und Ludwig XIV. konnte sich befriedigt sagen, daß die Ketzer mit Blut und Schwert aus Piemont vertrieben seien. Aber es gab Männer, welche ihr Vertrauen in den lebendigen Gott und in den setzten, der für sie gestorben, der noch ganz andere Leiden erduldet als sie. Josua Janavel, der Anführer der Waldenser im Kriege gegen ihre Feinde, und Henri Arnaud, ehemals Pfarrer in La Tour, waren diejenigen, denen es gelingen sollte, die Rückkehr der Waldenser zu bewerkstelligen. Heimlich wurden die Vorbereitungen betrieben, mit protestantischen Mächten Verhandlungen angeknüpft. Unermüdlich reiste Arnaud von einem Hofe zum andern, hier und dort reichliche Unterstützung erhaltend. Allgemein gärte es in den Ländern gegen den Übermut Ludwigs; die in der Schweiz verstreuten Waldenser wurden benachrichtigt, und wer sich losmachen konnte, der kam, um bei der großen Glaubenstat zu helfen. Am nördlichen Ufer des Genfer Sees war es, wo am 16. August 1689 900 Waldenser sich versammelten, um unter Arnauds Führung zurückzukehren in die Savoyer Alpen und ihre Heimstätte aufzuschlagen, wo ihre Wiege gestanden. Aus Südfrankreich, aus der Schweiz, aus Deutschland waren sie gekommen, und ergreifend betete Arnaud für seine Glaubensgenossen, welche er mit dem Volke Israel verglich. Und der Herr, welcher den Israeliten tags in einer Wolkensäule und nachts in einer Feuersäule den Weg gewiesen, zeigte auch jetzt wieder, daß er der starke Gott geblieben, der die Seinen gnädig behütet. – Fast wie ein Märchen klingt es, wenn wir von den unglaublichen Gefahren lesen, welche die Waldenser zu bestehen hatten, um in ihr von Soldaten besetztes Land zu gelangen. Über schwindelnde Abgründe, glatte Eisfelder, durch fußtiefen Schnee ging der Weg, denn man mußte die höchsten Bergpfade erwählen, um einigermaßen unbehelligt die Täler zu erreichen, ehe die feindlichen Soldaten sich den Einmarschierenden entgegenstellten. Acht Tage lang gab es weder Ruhe bei Tag noch bei Nacht; an Speis und Trank litten sie großen Mangel, und dann stellte sich ihnen ein Heer von 2000 Soldaten entgegen! Aber der Herr war mit den Seinen; die kleine erschöpfte Schar der Waldenser besiegte in heißem Kampfe die französischen Truppen, und weiter ging es im Siegeslauf. Die savoyischen Soldaten liefen vor ihnen fort, und am 28. August konnten die Waldenser im Dorfe Prali in einer ihrer früheren Kirchen den ersten Gottesdienst halten. In drei weiteren Tagen waren sämtliche Täler erobert, und am 1. September feierten 700 Waldenser, welche lebend ihre Heimat erreichten, einen feierlichen Gottesdienst und gelobten eidlich, niemals den reinen evangelischen Glauben zu verleugnen, sollten sie auch wieder bis aufs Blut verfolgt werden. – Das sind die großen Tage, welche die Waldenser nach 200 Jahren vom 16. August bis zum 1. September 1889 gefeiert haben, die glorreiche Heimkehr, welche der Predigt des reinen Evangeliums in Italien eine Stätte erkämpft hat.

Aber noch waren die schweren Tage nicht vorüber; gegen 7000 Franzosen unter Catinat mußte Arnaud noch monatelang kämpfen und wäre vielleicht erlegen, wenn nicht der Herzog von Savoyen, des Bündnisses mit Frankreich müde, mit den Waldensern Frieden geschlossen hätte, um mit ihrer Hilfe gegen Ludwig XIV. zu kämpfen. »Seid mir treu, ihr Waldenser, wie ihr eurem Gotte getreu gewesen seid, und solange ich ein Stück Brot habe, werde ich es mit euch teilen!« so sprach Viktor Amadeus zu Arnaud. Es war derselbe Fürst, den einst Ludwig von Frankreich gezwungen, die Grausamkeiten gegen die Waldenser zu begehen, aber Gott der Herr lenkt die Herzen der Menschen wie die Wasserbäche! – Jetzt kamen Kriegsjahre gegen die Franzosen; im Jahre 1694 aber erschien das Edikt des Herzogs, des Inhalts, daß den Waldensern alle ihre Besitzungen wiedergegeben werden sollten, und daß sie ungestört ihren Glauben bekennen dürften. Jetzt wäre die Freude der Waldenser vollkommen gewesen, wenn nicht ein bitterer Tropfen ihr Glück gedämpft hätte. Henri Arnaud, ihr heldenmütiger Führer und Pastor, mußte, nachdem der Frieden mit Frankreich geschlossen, verbannt werden, weil er ein eingeborener Franzose war! – In Dürrmenz-Schönenburg, im württembergischen Neckarkreis, erhielt er das Pfarramt einer kleinen Waldensergemeinde und ist dort, achtzig Jahre alt, 1721 gestorben. Über dem Grabstein des tapfern Soldaten und treuen Seelenhirten prangt das alte Waldenserwappen, die brennende Kerze auf offener Bibel, und der Waldenser Wahlspruch: »*Das Licht leuchtet in der Finsternis!*« – Ja, das Licht des Evangeliums leuchtet weiter im Lande Italien! Seit dem Jahre 1848, wo die Waldenser dieselben Rechte in Italien genießen, wie die katholischen Untertanen – bis dahin waren sie überall gehindert –, hat ihre Tätigkeit sich sehr ausgebreitet. Sie haben in Genua und Turin Gemeinden, Schulen, evangelische Jünglingsvereine, Bibelniederlagen, ja, in Florenz eine theologische Universität errichtet. Außerhalb ihrer Alpentäler zählen die Waldenser jetzt in Italien 44 Gemeinden mit 38 Pastoren. Ohne die werktätige Hilfe des protestantischen Auslandes werden diese Gemeinden aber nicht bestehen können, – möge Gott allerorten die Herzen und Hände ihrer evangelischen Brüder zur Hilfe öffnen! Er hat ja gezeigt, wie er seine Getreuen wunderbar geführt und ihrer niemals vergessen hat. Ja, er tut heute noch Wunder und läßt keinen zuschanden werden, der auf ihn seine Zuversicht setzt.

Weihnachtswunder.

Es war um die Weihnachtszeit. Der reiche Herr Wenzel saß in seinem Zimmer und rührte verdrießlich in seinem Kaffee herum. Draußen auf der Straße sangen die Knaben: »Vom Himmel hoch, da komm' ich her!« und Herr Wenzel verzog das Gesicht. Er haßte Weihnachten; erstens, weil er immer mehr Geld ausgeben mußte, als er Lust hatte, und zweitens, weil gerade am Weihnachtstage sein einziger Junge ihm davongelaufen war auf Nimmerwiederkehr. Es war solch hübscher, frischer Mensch gewesen, nur etwas leichtsinnig und gewohnt, daß ihm niemals ein Wunsch versagt blieb. Als er sich dann mit achtzehn Jahren in den Kopf setzte, zu heiraten, wunderte er sich sehr, daß sein Vater ihn verlachte, ja, mit der Enterbung drohte, wenn er das hübsche, aber blutarme Mädchen heimführte, welches er sich erkoren. Rudolf Wenzel sah gar nicht ein, daß sein Vater recht hatte, ihn vor seiner frühen Ehe zu warnen; er lief ohne weiteres davon und hatte seitdem nie etwas von sich hören lassen. Seine Mutter war kurz darauf gestorben, und so kam es, daß Herr Wenzel, der reichste Mann im Dorf, eigentlich doch ein blutarmer Mann, ohne Weib und Sohn war. Aber er bildete sich viel auf sein Geld ein, und man sagte von ihm, daß er beabsichtige, wieder zu heiraten. »Was einmal nicht zu ändern ist, muß man vergessen!« war seine Ansicht; und wenn er die Hundertmarkscheine und Geldrollen auf die Sparkasse brachte, hielt er sich selbst für einen sehr glücklichen Mann. – Nur um Weihnachten langweilte er sich. Da saßen die Leute vergnügt zusammen, nur er war allein, Und dann war da noch ein Umstand, der ihn viel mehr ärgerte, und worüber er mit keinem Menschen sprechen und sich Rats holen konnte. Das war die Geschichte mit Frau Annemarie, von der vor ein paar Jahren das ganze Dorf sprach, und die sogar in den Zeitungen gestanden hatte. Annemarie war eine Arbeitsfrau. Blutarm und fleißig, hatte sie ihr ganzes Leben gearbeitet und war von allen gern ins Haus genommen worden, auch vom Bauer Wenzel, obgleich er einen Groll auf sie hatte, denn es war Annemariens Tochter gewesen, die Wenzels Sohn hatte heiraten wollen, und um derentwillen er davongelaufen. Annemarie hatte von der ganzen Geschichte zuerst gar nichts gewußt, und später ihre Tochter, die fast noch ein Kind gewesen, zum Dienen in die Stadt geschickt, wo sie ein braves Dienstmädchen geworden. Dennoch hatte ihr Wenzel niemals verzeihen können, daß sein Sohn durch ihre Tochter verführt worden, wie er sich ausdrückte. Und als einmal in Wenzels Hause nach dem großen Frühlingsreinmachen verschiedenes Silberzeug und eine kleine Summe Geldes fehlte, beschuldigte der zornige Bauer ohne weiteres Annemarie, sie habe ihn bestohlen. Die Frau kam in Untersuchungshaft, saß mehrere Wochen, ward aber endlich wegen mangelnder Beweise entlassen. – Seit dieser Zeit konnte Herr Wenzel Annemarie gar nicht sehen. Sie durfte nie mehr in sein Haus kommen; wenn er ihr begegnete, wandte er den Kopf ab, und die Leute sagten, er könne seinen Verlust nicht verschmerzen. So hing die Sache aber nicht zusammen; Wenzel schämte sich einfach, wenn er der älteren, einfach gekleideten Frau begegnete, denn er hatte Geld und Silberzeug, das er verlegt, wiedergefunden, während sie in der Untersuchungshaft saß. Und er hatte keinen Finger aufgehoben, um seinen Irrtum einzugestehen, in der stillen Hoffnung, Annemarie käme ins Gefängnis, und da hätte sie es ebensogut, wie in ihrer armen Hütte. Aber Annemarie kam wieder; und obgleich einige Leute mit Fingern auf sie wiesen, hatte sie doch bald wieder Arbeitsstellen, weil sie so fleißig war. – Herr Wenzel ärgerte sich aber jedesmal, wenn er sie erblicke, weil er an sein schlechtes Gewissen erinnert ward, was er durchaus nicht mochte.

Die Weihnachtslieder hatten ihn diesen Morgen so verstimmt, daß er seinen Kaffee austrank und dann auf die Dorfstraße ging, um nach seinen Äckern zu sehen. Sie lagen freilich unter dem Schnee, aber es war doch ein schönes Gefühl, sich des Besitzes zu freuen. Als er auf sein Feld kam, wo im Sommer so schöner Weizen stand, sah er plötzlich Annemarie mitten auf dem Schnee stehen und einen zerlumpten Menschen mit sich führen.

»Was tust du auf meinem Acker?« rief er zornig

»Es ist ein armer Mensch,« stotterte sie. »Er lag hier auf dem Schnee, und ich dachte« –

»Du hast gar nichts zu denken,« schalt der Bauer. »Auf meinen Feldern dürfen keine Vagabonden herumlaufen, und wenn du dich nicht gleich nach Hause scherst, schicke ich dir den Gendarm auf den Hals!«

Ohne auf die beiden, sich mühsam durch den Schnee quälenden Menschen auch nur einen Blick zu werfen, ging er weiter. Er war so schlechter Laune, daß er stundenlang über die Berge und Felder lief, ohne an sein Mittagessen zu denken, und als er sich besann und um sich blickte, war es fast schon dunkel. Er aber stand vor Annemariens Hütte. Es war die schlechteste im Dorfe; ein spärlicher Garten, der an allen Seiten offen lag, umgab sie; Herr Wenzel fühlte sich schwach; er setzte sich halb im Traum auf eine Steinbank vor der Hütte und stützte den Kopf in die Hand. Drinnen hörte er Annemariens Stimme; sie las einen Gesang laut vor, und dann hörte er sie sprechen: »Weihnachten passiert immer etwas Schönes! Das ist die Zeit, wo der liebe Gott ganz besonders gnädig ist!«

»Du bist ein altes, dummes Weib!« antwortete eine andere Stimme. »Gott ist niemals gnädig, und was du mir aus den Gesangbüchern vorgelesen hast, ist alles nicht wahr. Morgen gehe ich zu meinem Vater, dem Geldprotz, und wenn er mir nicht gibt, was mir zukommt, so ... Er hat's reichlich verdient; und wenn du mich heute nicht festgehalten hättest, als er uns anfuhr, wäre ich ihm nachgelaufen, um ihm zu zeigen, wie man mit seinen Söhnen umgeht!«

»Aber Rudolf!« rief Annemarie, »wie kannst du so gotteslästerlich sprechen? Hast du das vierte Gebot vergessen? Und hast du Gott vergessen, der jeden Tag noch Wunder tut?«

»Wunder?« Rudolf schrie es höhnisch. »Ist es ein Wunder, daß ich wie ein Lump hierherkomme, nachdem mein leiblicher Vater mich verstoßen? Ich glaube nicht an Wunder!«

»Aber ich!« sagte die Alte unerschrocken. »Geradeso, wie es mal herauskommen wird, daß ich deinen Vater niemals bestohlen, so wird der liebe Gott noch ein Wunder schaffen, daß du wieder ein guter Mensch wirst, Rudolf. Denn dein Herz ist nicht böse, du bist nur leichtsinnig gewesen, und –«

Ein Geräusch vor der Tür unterbrach sie. Als sie dieselbe öffnete, fuhr sie mit einem Schrei zurück; denn vor ihr auf dem Schnee lag die leblose Gestalt des Bauern Wenzel. Ein Schlagfluß hatte ihn getroffen; und obgleich er versuchte zu sprechen, konnte er kein Wort hervorbringen. –– Draußen läuteten die Weihnachtsglocken, und die Natur hatte ein weißes Festgewand angelegt; in Annemariens Hütte aber lag der reiche Bauer, konnte kein Glied rühren und dachte, daß er sterben würde. – An seinem Lager saß sein finster blickender Sohn, und Wenzel wußte, daß der, den er noch am Morgen als Vagabond fortgejagt hatte, vielleicht in wenigen Tagen Erbe sein würde von allem, was er geliebt. Denn was hatte er mehr geliebt als Felder und Äcker, Haus und Geld? Und von allem mußte er fort! – Eine große Angst kam über ihn; hilfeflehend sah er Annemarie an – konnte sie ihm nicht helfen?

»Er wird wohl sterben!« sagte der Doktor achselzuckend. »Lassen Sie ihn nur hier! Der Transport nach seinem Hause würde das Ende nur beschleunigen!« – So kam es, daß sein Sohn, welcher noch vor wenigen Stunden ein Herumstreicher gewesen, plötzlich Herr ward über ein großes Bauerngut.

»Es kommt manchmal sonderbar im Leben!« sagten die Dorfbewohner, und Annemarie lächelte leise vor sich hin, wenn sie die Reden der Leute hörte. »Der liebe Gott tut wieder ein Weihnachtswunder!« sagte sie zu sich selbst. Und wunderbar war alles, denn nicht allein faßte Rudolf die Wirtschaft auf dem Hofe mit ganz vernünftigen Händen an, sondern auch Herr Wenzel starb nicht, obgleich alle Menschen es felsenfest prophezeit hatten.

Die Weihnachtsglocken waren längst verklungen, und ein grüner Schimmer lag auf den Bergen. Da ging Herr Wenzel langsam und schwerfällig, auf Annemarie gestützt, seinem Hause zu. Er war ein alter Mann geworden, aber er konnte, wenn auch mühsam, wieder gehen und sprechen, und er hatte die Unruhe, nach dem Rechten zu sehen.

Auf der Schwelle des Hauses kam ihm sein Sohn entgegen, der ihm ernsthaft die Hand hinstreckte. »Vater, wenn du damals, ehe du krank wurdest, böse Worte von mir hören mußtest, so verzeihe mir. Ich habe mein Unrecht eingesehen und will versuchen, dir ein gehorsamer Sohn zu sein!«

Der Alte sah den Sprecher wortlos an, dann versuchte er zu sprechen, konnte aber nicht und ging langsam in sein Zimmer. – Wenzel war früher ein redseliger Mann gewesen; jetzt saß er die ganzen Tage schweigend in seinem Stuhl. Arbeiten konnte er nicht mehr, das überließ er seinem Sohn, und so hatte er Zeit nachzudenken. An Annemarie hatte er sich so gewöhnt, daß sie ihn nicht verlassen durfte; sie mußte ihm sogar manchmal aus der Bibel und dem Gesangbuch vorlesen; aber er sagte niemals ein Wort darüber. So verging der Frühling, Sommer, Herbst, und plötzlich war Weihnachten wieder vor der Tür. Wieder sangen die Kinder auf der Straße, und Wenzel, der noch immer still in der Stube saß, mußte daran denken, wie schnell das Jahr vergangen sei, und wie alt und kümmerlich er in dem einen Jahr geworden. War das auch ein Weihnachtswunder? dachte er bitter. Aber manchmal kam es doch über ihn wie Dankbarkeit, daß er noch lebte, und wenn er in das stille Gesicht Annemariens blickte, wunderte er sich, wie freundlich die Frau mit ihm war, der er doch so geschadet.

»Weshalb sie wohl nie geklagt und sich aufgelehnt hat?« dachte er, und dann gingen seine Gedanken zu seinem Sohn, der in seinem Fleiß und Eifer gar nicht wiederzuerkennen war.

Der Weihnachtsabend war da, und Wenzel hatte die ganze Nacht vorher nicht geschlafen. Als er morgens in das Zimmer trat, rief er mit lauter Stimme nach Annemarie und nach seinem Sohne. Beide standen bald vor ihm, und er sah sie starr an. »Rudolf!« sagte er, »du hast zehn Jahre dein Herz von mir gewandt, und vorigen Weihnachten sprachst du davon, du wolltest mir ein Leid antun, wenn ich dir dein Recht nicht gäbe. Mag sein, daß ich deine harten Worte verdient habe, obgleich ich dich nicht kannte, als du wie ein Herumtreiber wiederkehrtest. – Aber ich wollte dich bitten, Annemarie ihr Recht zu geben und es bekanntzumachen, daß sie mich niemals bestohlen hat. Ich fand nachher die Sachen und mochte meinen Irrtum nicht eingestehen, weil ich mich schämte. Nun soll Annemarie ihr Leben lang frei auf meinem Hofe wohnen, und wenn du ihre Tochter heiraten willst, hast du meinen Segen!« Wenzel hatte immer leiser gesprochen, jetzt setzte er sich und stützte seinen Kopf in die Hand. Er fühlte sich alt, müde und zerschlagen. Dann aber sah er in Annemariens freudiges Gesicht.

»Sehen Sie, Herr Wenzel, habe ich es nicht gesagt? Weihnachten geschieht allemal etwas Schönes! Rudolf und Sie sind wieder gut miteinander, und Sie sagen selbst, daß ich nichts gestohlen! Aber öffentlich brauchen Sie das gar nicht zu sagen, wenn's Ihnen unangenehm ist! Der liebe Gott hat immer gewußt, daß ich unschuldig war – das ist die Hauptsache. Und Rudolf wird Ihnen ein guter Sohn sein – er hat's gelobt, als Sie besinnungslos vor meiner Tür lagen, und er hat sich redliche Mühe gegeben dieses Jahr. Meine Tochter bekommt er aber nicht. Das war alles nur Kinderei.«

Die stille Annemarie war plötzlich redselig vor Freude geworden. Kein Wort des Grolls kam über ihre Lippen, und Wenzel, der Tränen und Vorwürfe von ihr erwartet hatte, sah sie staunend an. Gab es denn wirklich Weihnachtswunder?

Jahre sind vergangen, Annemarie ist lange tot, aber der alte Wenzel lebt noch und geht jeden Weihnachtsabend auf den Kirchhof, um ihr einen Kranz zu bringen. Ist sie doch, deren Leben so still und einfach verlief, seine Lehrmeisterin geworden. Er glaubt an Weihnachtswunder, und wenn er seinen Sohn, den tüchtigen Landwirt, ansieht und hört, wie er die Achtung aller genießt, dann kann er nur die Hände falten und sprechen:

> Das hat er alles uns getan –
> Sein groß' Lieb' zu zeigen an

Über tredition

Eigenes Buch veröffentlichen

tredition wurde 2006 in Hamburg gegründet und hat seither mehrere tausend Buchtitel veröffentlicht. Autoren veröffentlichen in wenigen leichten Schritten gedruckte Bücher, e-Books und audio-Books. tredition hat das Ziel, die beste und fairste Veröffentlichungsmöglichkeit für Autoren zu bieten.

tredition wurde mit der Erkenntnis gegründet, dass nur etwa jedes 200. bei Verlagen eingereichte Manuskript veröffentlicht wird. Dabei hat jedes Buch seinen Markt, also seine Leser. tredition sorgt dafür, dass für jedes Buch die Leserschaft auch erreicht wird.

Im einzigartigen Literatur-Netzwerk von tredition bieten zahlreiche Literatur-Partner (das sind Lektoren, Übersetzer, Hörbuchsprecher und Illustratoren) ihre Dienstleistung an, um Manuskripte zu verbessern oder die Vielfalt zu erhöhen. Autoren vereinbaren direkt mit den Literatur-Partnern die Konditionen ihrer Zusammenarbeit und partizipieren gemeinsam am Erfolg des Buches.

Das gesamte Verlagsprogramm von tredition ist bei allen stationären Buchhandlungen und Online-Buchhändlern wie z. B. Amazon erhältlich. e-Books stehen bei den führenden Online-Portalen (z. B. iBookstore von Apple oder Kindle von Amazon) zum Verkauf.

Einfach leicht ein Buch veröffentlichen: **www.tredition.de**

Eigene Buchreihe oder eigenen Verlag gründen

Seit 2009 bietet tredition sein Verlagskonzept auch als sogenanntes "White-Label" an. Das bedeutet, dass andere Unternehmen, Institutionen und Personen risikofrei und unkompliziert selbst zum Herausgeber von Büchern und Buchreihen unter eigener Marke werden können. tredition übernimmt dabei das komplette Herstellungs- und Distributionsrisiko.

Zahlreiche Zeitschriften-, Zeitungs- und Buchverlage, Universitäten, Forschungseinrichtungen u.v.m. nutzen diese Dienstleistung von tredition, um unter eigener Marke ohne Risiko Bücher zu verlegen.

Alle Informationen im Internet: **www.tredition.de/fuer-verlage**

tredition wurde mit mehreren Innovationspreisen ausgezeichnet, u. a. mit dem Webfuture Award und dem Innovationspreis der Buch Digitale.

tredition ist Mitglied im Börsenverein des Deutschen Buchhandels.

Dieses Werk elektronisch lesen

Dieses Werk ist Teil der Gutenberg-DE Edition DVD. Diese enthält das komplette Archiv des Projekt Gutenberg-DE. Die DVD ist im Internet erhältlich auf **http://gutenbergshop.abc.de**

FSC
www.fsc.org
MIX
Papier | Fördert
gute Waldnutzung
FSC® C083411

Zeitfracht Medien GmbH
Ferdinand-Jühlke-Straße 7
99095 Erfurt, Deutschland
produktsicherheit@kolibri360.de